KB121176

로크미디어가
유혹하는
재미있는 세상
ROK
MEDIA
로크미디어

이것이 삶이다

이것이 법이다 79

2020년 1월 20일 초판 1쇄 인쇄
2020년 1월 23일 초판 1쇄 발행

지은이 자카예프
발행인 이종주

총괄 김정수
경영 지원 배진경 임혜솔 송지유

기획 이기헌 왕소현 박경무
책임 편집 최전경

발행처 (주)로크미디어
출판등록 2003년 3월 24일
주소 서울시 마포구 성암로 330 DMC첨단산업센터 3층 318호, 319호
Tel (02)3273-5135 **편집** 070-7863-8592 **Fax** (02)3273-5134
홈페이지 rokmedia.com **E-mail** rokmedia@empas.com

값 8,000원

ISBN 979-11-354-3717-5 (79권)
ISBN 979-11-255-9575-5 04810 (세트)

이것이 법이다

79

자카예프 장편소설

이 소설은 픽션입니다.
등장하는 인물 및 지명 등은 현실과 연관이 없습니다.
또한 소설 내에 나오는 법이나 법리 해석의 경우에도 대중문학의 극적 전개를 위하여 일부분 과장되거나 변형된 것이 존재하니 실제 법과 혼동하지 않으시길 바랍니다.

CONTENTS

한철 장사해서 먹고산다고?
나는 1년 내내 일한다

노형진은 가족들과 함께 놀러 다니는 일이 그다지 많은 편은 아니다.

워낙 일이 많기 때문이다.

그래서 어지간하면 한번 시간 내서 놀러 갈 때는 좋은 곳으로 가는 편이었다.

"이야, 날씨 좋네!"

"역시 우리 처남."

아버지와 어머니 그리고 누나네 식구까지 다 함께 간 계곡은 무척이나 깨끗하고 맑았다.

"좀 이르기는 하지만 역시나 좋구나."

산 좋고 물 좋기로 소문난 계곡으로 놀러 간 노형진네 가족.

노형진은 그런 가족들을 보면서 미소 지었다.

'그래, 이 맛에 돈 버는 거지.'

회귀 전에는 돈을 많이 벌어도 돈으로 인해 기쁨을 느낀 적은 없었다.

하지만 지금은 아니다.

돈이 많다는 것보다, 돈을 제대로 쓸 수 있다는 것이 더 행복했다.

회귀 전에는 돈을 벌었다고 해도 그저 쌓여만 갈 뿐 딱히 느껴지는 것도 없었으니까.

"역시 내 동생. 호텔비 아끼려고 이런 계곡을 고르다니. 거기에다 휴가철을 피하는 그 꼼수란."

물론 남매간의 투덕거림은 변하지 않았지만.

"어쩔 수 없잖아, 여름에 미친 듯이 바쁠 텐데."

"맞아. 그건 나도 인정."

노형진의 말에 슬쩍 편들어 주는 박광석.

"사람에 치여 일에 치여, 차라리 시원한 에어컨 아래에서 일하는 게 훨씬 남는 거라니까. 애 데리고 휴가철에 피서 가면 얼마나 치이는지 알잖아?"

"끄응…… 그건 인정."

노현아도 결국은 인정할 수밖에 없었다.

가족끼리 놀러 갈 때는 차라리 사람을 피해서 가는 것이 훨씬 좋았다.

"자, 조금 더 들어가자. 안쪽이 더 좋을 거야."

아이를 데리고 안쪽으로 들어가는 가족들.

이미 놀기 좋은 곳을 확인한 터라 그곳에 가서 제대로 놀아 볼 생각이었다.

그러나.

"어?"

인터넷으로 확인한 놀기 좋은 곳, 그 자리에 인터넷에서 본 적이 없는 시설이 들어가 있었다.

"이건 뭐지?"

"가게? 여기에 가게가 왜 들어와?"

노형진이 알기로는 이곳에 가게 따위는 없었다.

그런데 그 가게 앞에 세워 놓은 나무판에 노형진은 눈을 찌푸렸다.

다른 사람들 역시 그걸 보고 눈을 찡그렸다.

거기에 붙어 있는 가격표가 그 가게의 정체성을 알려 주고 있었던 것이다.

거기에다가 계곡으로 들어가는 입구는 아예 철조망으로 막혀 있었다.

백숙 13만 원

파전 3만 원

김치전 3만 원

"여기까지 기어들어 온 건가?"

노형진이 눈을 찌푸리는 대상은 다름 아닌 계곡의 식당들이었다.

사실 산의 계곡은 국가의 땅이지만 무허가로 저런 가게들이 들어선다.

그런 가게들이 자리를 차지하고 강제로 음식을 팔고 다른 사람들이 들어오지 못하게 하는 것은 오래전부터 아주 골칫거리였다.

"끄응."

그걸 피해서 사람들에게 알려지지 않은 계곡을 찾아서 온 것이건만.

'하긴…… 저런 새끼들이 어딘들 안 들어오겠어?'

노형진은 눈을 찌푸리면서도 계곡을 살펴보았다.

좋은 자리마다 죄다 평상을 설치해 놓은 바람에 계곡에 접근하는 것도 쉽지 않았다.

"어쩐다."

노형진의 가족들이 고민하는 사이 주인으로 보이는 남자가 다가오더니 시큰둥하게 말했다.

"여기서 놀려면 음식을 주문해야 하는데."

"뭐요?"

"여기서 놀려면 음식을 주문해야 한다고."

"세상천지에 그런 법이 어디 있습니까?"

"여기에 있지. 싫으면 가든가."

귀찮다는 듯 손을 휘휘 젓는 남자.

노형진은 그걸 보고 발끈했다.

"여기가 당신 땅도 아니지 않습니까?"

"어허! 무슨 말을 그렇게 해? 나도 허가받고 하는 거야."

"허가? 허, 어이가 없네요."

여기는 허가가 나올 수가 없는 곳이다.

공무원이 허가를 해 준다?

그건 불가능하다.

법적으로 상업 활동 자체가 아예 불가능하게 되어 있으니까.

"당신 진짜……!"

노형진이 발끈해서 덤비려고 하자 옆에 있던 노문성이 그를 말렸다.

"좋은 날이다. 싸우지 말자꾸나."

"끄응."

"그냥 대충 전 하나 시켜 놓고 놀자꾸나."

"네."

수영장에 왔다 생각하고 놀려고 하던 노형진.

하지만 그다음 말에 결국 화가 터지고 말았다.

"한 테이블당 10만 원 이상이야."

"뭐요?"

"한 테이블당 10만 원 이상이라고. 한 테이블에는 네 명까지 앉을 수 있고. 그러니까 어디 보자…… 사람이 여섯 명이니까 두 테이블이네."

"장난합니까?"

"장난 아닌데? 여섯 명 맞잖아."

어른 다섯 명에 애가 하나다.

그런데 여섯 명이란다.

10만 원 이상이라고 해 봐야 결국 그만한 음식은 닭백숙뿐이다.

"싫으면 말든가."

"당신, 신고할 거야."

"신고하든가."

피식하고 비웃음을 날리는 남자를 보면서 노형진은 심호흡을 했다.

'그래, 잊고 있었다.'

이러한 가게는 기본적으로 구청이나 그 장소를 관리하는 곳에서 비호해 주지 않으면 존재할 수가 없다.

한 달 매출만 작게는 수천, 많게는 억 단위가 나오는 작자들이다.

그리고 그중 상당수는 구청이나 시청 공무원들의 뇌물로 들어간다.

"내가 이런 장사 한두 번 하는 것도 아니고."

신고해 봐야 구청에서 나와서 어떤 처벌을 해 주는 것도 아니다.

와서 접대받고 돌아간다.

사실 구청에서 강제집행을 할 수 있지만 그들은 그러지 않는다.

"후우……."

노형진은 깊은 심호흡을 하고 미소를 지었다.

"뭐, 좋습니다. 내죠."

"어허?"

그런데 그 표정을 본 가족들은 왠지 묘한 표정이 되었다.

"그러니까 여기서 돈을 안 내면 물에도 못 들어간다 이거죠?"

"잘 아시네. 잘 아시는 분이 뭘 그리 캐물어?"

"한 테이블에 10만 원 이상 시켜야 하고요."

"아, 그리고 한 번에 두 시간이야."

"두 시간?"

"그래. 나도 먹고는 살아야 하잖아?"

그러니까 두 시간 놀고 나면 또다시 한 상을 시켜야 한다는 소리다.

"그거 불법인 건 아시죠?"

"먹기 싫으면 말든가."

남자의 말에 노형진은 고개를 끄덕거렸다.

“어쩔 수 없지요. 애가 있으니 여기까지 와서 그냥 갈 수도 없고.”

아까와 다르게 실실 웃으면서 기꺼이 카드를 꺼내 드는 노형진.

남자는 카드를 긁고 나서야 철조망을 열어 줬다.

“조금만 기다려. 내가 음식을 가져다줄 테니까.”

남자는 안쪽으로 들어갔고, 노형진은 피식피식 웃으면서 자리를 잡았다.

철모르는 아이는 물이 좋다고 첨벙거리고 있었고.

“너 괜찮아?”

“응, 괜찮아.”

“하나도 안 괜찮은데?”

노현아는 걱정스럽게 말했다.

아무리 투덕거린다고 해도 결국 남매 아닌가?

한두 번 보는 사이도 아니다.

“네가 그렇게 실실 실성한 듯 웃으면 꼭 송장 치우던데.”

“내 송장 아니야. 걱정하지 마.”

“그러니까 그게 문제인 거야.”

그러는 사이 드디어 음식이 나왔다.

“음식 나왔습니다.”

“헐.”

13만 원짜리 백숙.

하지만 그 닭 한 마리는 결코 크지 않았다.

기껏해야 중닭 정도 크기.

"너무 작은 거 아닙니까?"

"무슨 말씀을 그렇게 하세요? 이거 다섯 사람은 충분히 먹어요."

주인을 대신해서 음식을 가지고 온 여자는 그렇게 타박을 하면서 가스버너를 켜고는 백숙을 테이블 위에 올렸다.

"이걸 다섯 명이 먹어?"

아무리 잘 봐도 세 명 이상 먹을 수가 없다.

진짜 고기 좋아하는 사람이라면 혼자서도 다 먹을 수 있는 수준이다.

아마 이 닭으로 프라이드를 하면 대부분의 사람들은 1인 1닭을 충분히 하지 않을까 하는 생각이 들 정도의 크기.

"흠."

노문성도 그걸 보고 화가 나는지 잠깐 심호흡을 했다.

"아들아."

"네, 아버지."

"네 마음대로 해라. 오늘은 애가 있으니 참는다만."

"네. 내일은 애가 없죠."

"그래, 먹자꾸나."

속으로 분노를 삼키면서 먹기 시작하는 가족들.

아이는 백숙을 별로 좋아하지 않아서 김치전과 파전, 그리고 어른들이 먹을 것을 추가로 시켰더니 그 비용도 적지 않았다.

심지어 벽에 명시되어 있지 않던 아동용 탄산음료 한 병당 가격이 8천 원.

"그래, 맛나게 먹자고."

노형진은 음식을 먹으며 가게 주인이 있는 쪽을 노려보았다.

"여기서 먹는 최후의 만찬이 될 테니까."

⚖

"그러니까 엿을 먹이겠다?"

"엿을 먹이는 정도가 아니라 그 새끼들을 모조리 털어 내야겠어."

"오올, 우리 노 변호사님 화났구나."

"화가 안 나면 그게 더 이상한 거지."

"하긴, 그건 그래."

손채림은 노형진의 말에 고개를 끄덕거렸다.

이런 일은 벌써 수십 년째 벌어지고 있는 문제다.

하지만 정경 유착이 워낙 심하다 보니 제대로 처벌이 이루어지지 않고 있다.

"심한 곳은 아예 축대까지 쌓아 올리고 영업하니까."

"당해 보지 않았을 때는 몰랐는데 당하고 나니 무지하게

화나네.”

“그런데 무슨 수로? 이건 신고해 봤자 의미가 없잖아.”

노형진처럼 그들의 행동에 화가 나서 움직인 사람이 없는 것은 아니다.

하지만 대부분의 경우 공무원들은 출동한다는 소리만 하고 출동하지 않는다.

어차피 대부분의 사람들은 그곳에 하루만 가기 때문이다.

그러니 다음 날 출동한다고 하면, 신고하는 사람들은 그들이 출동했는지 안 했는지 알 수가 없다.

“거기에다 기껏해야 벌금이잖아.”

“아니야. 이 경우는 벌금이 아니라 과태료지.”

“뭐? 과태료였어?”

“그래, 그러니 문제가 되는 거야.”

벌금은 부여 주체가 경찰이다.

즉, 그 돈을 내면 전과가 남는다.

하지만 과태료를 물리는 건 구청이 아니라 그 지역의 지방자치단체다.

당연히 전과도 남지 않는다.

“하루에 천만 원이 넘게 버는 곳도 있다는데 그런 곳에 50만 원짜리 과태료 물려 봤자 무슨 의미가 있을까?”

노형진은 실실 웃었다.

손채림은 그런 노형진을 보고 혀를 끌끌 찼다.

"보아하니 말 그대로 아작을 내 놓을 생각이구나."

"어떻게 알았어?"

"너 개인적으로 맘에 안 드는 놈 박살 낼 때 그런 식으로 실실 웃잖아."

"으흐흐흐."

"아주아주 마음에 안 들었나 보네."

"내가 피해자가 되니까 이거 참 기분이 상콤하네."

노형진은 그들을 가만둘 생각이 없었다.

아니, 그들뿐만 아니라 각 지방에 있는 그런 인간들을 모조리 털어 낼 생각이었다.

"물론 이번에 하는 건 시험적인 방법이고, 이게 제대로 되면 전국으로 퍼트려서 사건을 수임해야지."

"수임?"

"응, 수임."

신고 같은 걸 생각하던 손채림은 어리둥절했다.

수임이라니?

그녀가 생각하기에는 이런 사건은 수임을 받을 대상이 없기 때문이다.

"수임이 왜 안 되겠어?"

받으면 그만이다.

그리고 그걸로 제대로 엿을 먹일 수만 있다면 손해 볼 게 없다.

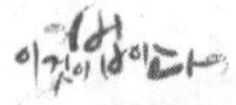

"자, 두고 보자고, 후후후."

⚖

노형진은 손채림과 사람들을 데리고 다시 그 계곡으로 향했다.

아니나 다를까, 주인은 여전히 장사를 하고 있었다.

그리고 가게에서는 몇몇 사람들이 음식을 먹고 있었다.

"신고하려고?"

"해야지."

"그런데 너도 그랬잖아, 신고해 봐야 처벌 안 받는다고."

"신고는 할 거야. 그런데 내가 처벌받게 할 사람들은 주인이 아니야."

"엉?"

어리둥절한 표정이 되는 손채림.

신고한다고 해서 분명히 한바탕 활극이 벌어질 거라 생각했다. 그런데 주인을 신고하지 않는다니?

"내가 고발할 사람들은 저 손님들이야."

"뭐? 손님들을? 아니, 손님들을 왜? 애초에 저 사람들이 무슨 잘못이 있어서?"

"그래, 그게 중요해. 저 사람들은 엄밀하게 말하면 잘못이 없지. 그러니 더 빡치겠지, 으흐흐흐."

"이거 정줄 놨네."

노형진은 핸드폰을 들어서 어디론가 전화했다.

이윽고 통화 내용을 들은 손채림은 노형진이 왜 저 사람들이 빡칠 거라고 말한 건지 알 수 있었다.

"여기 ○○○ 계곡인데요, 여기에서 사람들이 불법으로 취사하고 있거든요. 네, 버너에다가 백숙 해 먹네요. 지금 촬영하고 있으니까 어서 와서 단속해 주세요."

짧은 통화였다.

하지만 진짜로 피해자들을 단속하는 것이었다.

"그런다고 올까?"

"오지. 지금 신고한 대상은 구청이나 시청이 아니야."

"그럼?"

"산림청."

"산림청?"

"그래."

원래 법적으로 어지간한 계곡에서는 취사가 금지되어 있다.

그리고 계곡에서 무단으로 취사하는 경우 벌금을 내도록 되어 있다.

"이런 계곡에는 보통 관리인들이 있어. 그리고 그런 사람들은 수시로 돌아다니거든."

"그러면 여기서 취사한다는 걸 안다는 거 아냐?"

"알지."

노형진은 고개를 끄덕거렸다.

"그래서 신고한 거야."

얼마나 지났을까?

진짜로 산 아래쪽에서 두 사람이 올라오더니 가게의 손님들을 향해 뭐라고 했다.

"여기서 취사하시면 안 됩니다."

"뭐요?"

"여기서 취사하시면 안 된다고요."

"아니, 무슨 소리예요?"

어이없어하는 손님들.

잠시 후 주인이 나와서 몇 마디 말을 주고받는 듯하더니, 그들은 서둘러서 계곡 아래로 내려갔다.

노형진은 그걸 보면서 고개를 끄덕거렸다.

"예상대로네."

"이게 무슨 의미가 있어?"

"의미가 있지."

노형진은 옆에 있는 카메라를 툭툭 쳤다.

"저 공무원들 인생부터 조져 보자고."

⚖

노형진은 그 영상을 그대로 감사실로 넘겼다.

그리고 그와 동시에 그들을 업무상 배임으로 고발을 넣었다.

명백하게 단속을 해야 하는 공무원임에도 불구하고 그들은 신고를 받고도 단속하지 않고 그냥 나왔으니까.

촬영된 영상에 돈 받는 영상까지 찍힌 건 아니지만, 돈을 받았으리라 예상하는 것은 어렵지 않았다.

"일단 공무원부터 족친다 이거구나."

사흘 뒤 다시 계곡으로 올라간 노형진과 손채림은 미소를 지으며 계곡을 바라보았다.

지금쯤이면 감사실에 고발이 들어가, 자신들이 형사 고발까지 되었다는 사실이 공무원의 귀에 들어갔을 것이다.

"그래, 애초에 저 새끼들이 한 번에 일할 리 없지. 공무원들이 왜 공무원인데?"

"끄응…… 부정할 수 없는 현실이 슬프다. 그런데 여전히 이해가 안 가는데, 손님을 왜 열받게 하겠다는 거야?"

"오늘 두고 보면 돼. 오늘부터가 본격적인 싸움이니까."

노형진은 그렇게 말하면서 다시 자리를 잡고 전화를 걸었다.

"전에 신고한 사람인데요, 카메라로 찍고 있다고 했는데도 간땡이가 부으셨나 봐요. 신고했는데도 당당하게 뇌물 받고 가시네? 아직도 거기서 사람들이 백숙 끓여 먹고 있거든요? 찍고 있을 테니까 빨리 단속하세요."

"이럴 줄 알았다."

지난번에는 신고를 넣어 봐야 아무것도 변하지 않을 거라

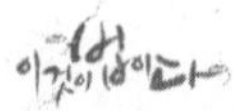

는 것은 예상했다.

하지만 업무상 배임으로 공무원이 고발당하고 감사의 당사자가 된 상황에서, 똑같은 사람에게 똑같은 신고가 들어왔다.

그러면 공무원들은 움직이지 않을 수가 없다.

안 하면 또 신고가 들어갈 테고, 그때마다 자신들이 받을 처벌은 강해질 테니까.

더군다나 그때도 카메라로 찍는다고 했다.

실제로 그 영상이 증거로 제출되기도 했고.

당연히 이번에도 찍고 있다는 소리가 농담으로는 절대 들리지 않을 것이다.

"당신들, 뭐 하는 거야! 여기 취사 금지인 거 몰라!"

신고한 지 30분도 지나지 않아 다급하게 뛰어오면서 소리를 버럭버럭 지르는 공무원들.

주인은 다급하게 나와서 그런 그들을 진정시켰다.

"아이고, 형님! 왜 그러십니까? 저도 먹고살아야지요."

슬쩍 돈을 쥐여 주려는 주인.

하지만 그 돈을 보고 공무원들은 펄쩍 뛰었다.

"너 이 새끼! 우리 죽이려고 작정했어!"

"네?"

"이 새끼야, 우리 뇌물 받았다고 감사받고 있단 말이야!"

"헉!"

"그런데 무슨 짓거리야! 당장 음식 안 빼!"

"저기, 이거 먹던 것만 먹을게요."

상황이 불안해지자 손님들은 눈을 데굴데굴 굴렸다.

하지만 멀리서 지켜보고 있던 노형진이 그걸 가만히 보고 있을 리 없었다.

"여보세요? 아, 신고한 사람인데요. 그 사람들 또 그냥 가려는 것 같은데, 아주 그냥 신고를 씹어 버리네요. 이거 인터넷에 올리고 다시 고발해도 되는 거죠?"

노형진이 전화를 하고 채 5분도 지나지 않아서 공무원들에게 전화가 왔다.

공무원들은 펄쩍 뛰었다.

"당장 치워요!"

"네?"

"당장 치우라고! 이거 말로 해서 안 되겠네! 당신들 다 과태료 처분을 내리겠습니다."

"아니, 잠깐만."

손님들은 당황했다.

식당에서 가져다준 걸 먹은 것뿐이다.

그런데 과태료라니?

하지만 어쩔 수가 없었다.

"당신들 눈앞에 있는 그 버너가 폼이라고 생각해요? 당신들이 취사한 거잖아요!"

"아니, 이건 저쪽에서 가져다준 거고……."

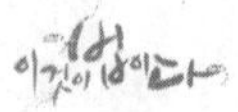

"아, 그건 모르겠고! 당신들이 취사한 게 맞으니까 과태료 내세요."

공무원들은 거기에 있는 사람들에게 모조리 과태료 처분을 했다.

주인은 그걸 보고 똥 씹은 표정이 되었다.

"형님, 너무하십니다."

"너무하고 자시고, 나는 법대로 하는 것뿐이야!"

그들은 당장 버너를 치우라면서 소리를 질렀다.

당연하게도 손님들은 억울했다.

황당하게 과태료까지 내게 되었는데 다른 문제가 또 터졌기 때문이다.

"아니, 우리는 그럼 이걸 어쩌라고?"

그나마 백숙이 익어서 먹고 있었던 사람들이야 모르겠지만 몇몇 사람들은 아직 백숙이 익지 않아 손도 대지 못했다.

즉, 지금 상황에서 먹을 수 있는 물건이 아니었다.

생닭이니까.

"그건 저도 모릅니다. 여기는 취사 금지니까 그렇게 아시라고요."

선을 딱 그어 버리는 공무원들.

당연히 음식을 못 먹게 된 사람들은 주인에게 환불을 요구했다.

"이거 환불해 줘요! 뭐 이딴 경우가 다 있어!"

가져다준 걸 먹었는데 과태료는 과태료대로 내고 음식은 음식대로 먹지도 못하게 생긴 것이다.

하지만 주인 입장에서는 그 돈을 돌려줄 수가 없었다.

"안 됩니다."

"뭐요?"

"아니, 그 돈은 자릿세인데 그걸 왜 달라고 합니까?"

"그거 이 백숙값이라면서!"

"포함된 거예요. 만일 안 드실 거면 가지고 가서 끓여 드세요. 포장해 드릴 테니."

"뭐라는 거야?"

"환불은 안 됩니다."

환불을 해 주기 시작하면 그게 다 자기 손해가 되기 때문에 주인은 당연히 환불이 안 된다고 버텼다.

"아니, 공무원 아저씨! 이게 말이나 됩니까?"

"그건 저는 모르겠고, 아무튼 여기서 취사는 안 됩니다."

공무원은 공무원대로 안 된다고 버티고, 주인은 주인대로 환불은 안 된다고 버틴다.

"아니, 뭐 이런 좆같은 경우가 다 있어!"

"우리는 규정대로 할 뿐입니다."

"아니, 돈 주고 샀으면 그게 끝이지, 먹다가 말았다고 환불해 달라는 게 말이나 됩니까?"

손님들은 그런 그들과 싸워 봤지만 말이 통할 리 없었다.

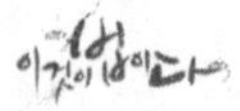

"니미 씨발."

결국 몇몇 사람들은 화가 잔뜩 나서 짐을 싸기 시작했다.

그걸 멀리서 본 노형진은 옆에 있던 남자를 향해 진지하게 물었다.

"제가 하는 거 봤지요?"

"네, 잘 봤습니다."

"이렇게 매일 신고하시면 됩니다. 만일 제대로 처리가 안 되면 바로 저한테 연락하시고요."

"알겠습니다."

"아, 그리고 위치가 걸릴 수 있으니까 자리를 옮겨 가면서 감시하세요."

"걱정하지 마세요. 제가 군대에서 있을 때 비트 파는 건 확실하게 배웠습니다, 우후훗."

남자는 미소를 지으며 말했다.

요즘 같은 때에, 무려 일당 10만 원이다.

일이 힘든 것도 아니다.

주변 으슥한 곳에 숨어 있다가 계속 신고만 하면 된다.

아예 시간을 때우기 위해 책까지 잔뜩 가지고 왔으니 말 그대로 땡보직 알바다.

"그러면 잘 부탁드립니다."

노형진은 그에게 카메라를 건네고 자리에서 일어나 서둘러 계곡 입구로 나왔다.

"헐, 공무원들이 제대로 일할 수밖에 없겠네."

"그렇겠지. 누군가 지켜보고 있다는 건 엄청난 압박감을 주거든."

"그건 알겠어. 그런데 여전히 손님을 열받게 한 이유가 설명이 안 되는데."

"그건 지금부터 의뢰를 받기 위해서야."

"그러니까 무슨 의뢰냐고."

"어떤 거냐면…… 어, 저기 나온다."

잔뜩 화가 난 채 계곡에서 내려오는 손님들을 본 노형진은 미소를 지으면서 그들에게 다가갔다.

"반갑습니다. 노형진 변호사라고 합니다. 법무 법인 새론에서 나왔습니다."

"법무 법인 새론?"

"네."

"당신들이 왜 여기에 있습니까?"

짜증이 잔뜩 나 있던 손님은 퉁명스럽게 말했다.

하지만 다음 순간 노형진이 한 말에 자신도 모르게 귀를 기울였다.

"강매를 당했다고 들었습니다."

"강매?"

"네, 백숙을 강제로 살 수밖에 없도록 만들었다고요."

"아…… 아! 네! 그랬지요!"

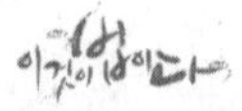

손채림은 노형진이 뭘 노리는지 알아차렸다.

'그래서 열받게 만든 거구나.'

강매. 어떠한 물건을 강제로 매매하는 행위.

사거나 파는 모든 행위가 포함되는 현행법상의 범죄.

범죄의 카테고리 중 '공갈'에 들어가면 경범죄처벌법상의 처벌 조항이 있다.

그리고 자리를 핑계 삼아서 강매하는 행위는 명백하게 경범죄에 속한다.

"강매당했지요, 그 개자식에게."

"저희가 집단소송을 하고 있는데 참가하시겠습니까?"

"뭐요?"

"그 불법 식당의 강매로 인한 피해자들이 많아서, 그곳 주인을 형사 고발함과 동시에 손해배상을 청구하고 있습니다. 어떻게, 참가하시겠습니까?"

"합시다, 까짓거!"

"그러면 바로 경찰에 신고해도 될까요?"

"해 주세요."

"네, 알겠습니다."

노형진은 즉석에서 수임을 하고 경찰에 신고를 했다.

"여기 ○○○ 계곡인데요. 여기서 상인이 강제로 강매를 하고 있거든요. 네, 물건을 안 사면 통행도 못 하게 막고 있습니다. 네, 바로 출동해 주세요."

노형진은 전화를 끊고는 미소를 지었다.

"그러면 민사소송을 진행할 때 전화드리겠습니다."

"아⋯⋯ 그러고 보니 수임료가⋯⋯."

"수임료는 피해자들이 많아서 거의 안 나올 겁니다."

노형진에게 몇 마디 말을 들은 남자는 바로 사인을 했다.

"이러려고 열받게 한 거구나."

그들이 떠난 후, 손채림은 혀를 내둘렀다.

"인간은 감정의 동물이거든."

수십만 원을 손해 봤다고 해도, 소송이라는 단어가 들어가면 섣불리 선택할 수 없는 것이 사실이다.

하지만 잔뜩 열받게 된다면, 더군다나 그들 때문에 법적인 처벌까지 받게 된 상황이라면 몇십만 원의 문제가 아닌 자존심의 문제가 된다.

"상당수 민사가 그런 거잖아."

소액 재판의 상당수는 진짜 법적인 문제보다는 자존심 싸움인 경우다.

진짜로 열받은 상황에서는 눈에 뵈는 게 없어지니까.

"강매라⋯⋯. 이건 전혀 예상하지 못한 건데."

"요즘은 강매라는 게 거의 이루어지지 않으니까. 뭐, 기업 차원에서나 이루어지지."

"기업 차원?"

"그래. 가령 행사 입장권 같은 걸 주변 계열사에 배당해서 팔

게 하는 그런 거 말이야. 그것도 엄밀하게 말하면 강매거든."

강매라고 하면 기업 차원에서 몇 건 이루어지기는 하지만, 민간 차원에서 이루어지는 경우는 드물다.

기업 차원에서 이루어지는 강매 같은 경우는 대부분 갑이 을에게 요구하는지라 저항했다가는 피해가 커서 쉬쉬하면서 넘어가는 편이고.

대표적인 강매가 피라미드 판매 방식이다.

사실 피라미드 판매 방식이 마냥 나쁜 것은 아니다.

피라미드 판매 방식, 즉 다단계는 명백하게 판매 전술의 하나로 인정받는다.

그래서 그러한 형태로 운영되는 기업들도 실제로 있다.

피라미드 판매 방식이 진짜 문제가 되는 것은 그 과정에 강매가 들어가기 때문이다.

실제로 합법과 불법 차이는 그것이다.

그저 운영 방식이 다단계일 뿐인 곳은 처벌 대상이 아니지만, 강매가 포함된 대부분의 회사들은 처벌 대상이다.

"워낙 사용되지 않는 법 조항이다 보니 대부분의 사람들이 잊고 지내는 거지. 요즘은 환불 규정도 잘되어 있고."

"아아."

"하지만 저들은 아니잖아."

자리를 점거하고, 음식을 사지 않으면 아예 계곡으로 들어가지 못하게 한다.

그건 명백하게 강매에 들어간다.

"그런데 말이야, 왜 저런 인간들이 박멸되지 않는 거야?"

"법이 엿 같아서 그래. 정확하게는 뭘 적용해야 하는지도 잘 모르는 거지. 공무원들이 언제 제대로 일하는 거 봤어?"

그들이 위반하는 규정은 '개발제한구역의 지정 및 관리에 관한 특별 조치법'이라는 긴 이름의 특별법이다.

보통은 '개발제한구역법'이라고 한다.

"그런데 처벌이라고 해 봐야 벌금이 고작 천만 원이거든."

물론 법대로라면 1년 이하 징역 천만 원 이하 벌금으로 되어 있지만, 대한민국은 징역과 벌금이 같이 명시되어 있는 처벌의 경우 대부분 벌금을 선택한다.

교도소가 과포화된 상황이기 때문이다.

"그런데 한 서너 달 장사하면 못해도 1억에서 4억까지 챙겨 가는데 그걸 지키겠어?"

"끄응."

물론 강제집행을 할 수도 있다.

하지만 대부분의 지역 공무원들은 그들과 결탁해서 강제집행을 하지 않는다.

"범죄자를 못 잡는 게 아니라 안 잡는 거야."

진짜로 제대로 털어 버리겠다고 작심하면, 그들이 거기에 들어가지 못하게 하는 것은 어려운 일이 아니다.

다만 대부분의 공무원들이 뇌물이라는 꿀과 귀찮음이라는

핑계를 가지고 일을 안 할 뿐.

"어차피 그들이 일을 안 한다면 우리 쪽에서 족쳐야지."

"고작 이걸로 그들이 그만둘까? 네 말마따나 경범죄처벌법상의 신고잖아. 강매는 과태료 처분일 텐데."

과태료라고 해 봐야 많아 봐야 5만 원.

한 명당 못해도 12만 원의 수익이 남는다.

거기에다 신고하지 않는 사람도 적지 않을 테니 수익은 상당히 많을 테고, 그들 말마따나 내는 돈보다 버는 돈이 많으니 그걸 멈출 이유가 없다.

"그건 어디까지나 돈이 들어올 때의 이야기지."

"돈이 들어올 때의 이야기?"

"그래, 돈이 들어올 때의 이야기. 후후후."

노형진은 계곡이 있는 산을 바라보면서 미소 지었다.

"피가 마르는 것은 지금부터라고. 아주 바짝 말려 주지, 으흐흐흐흐."

그걸 본 손채림은 진짜 송장 하나 치우게 생겼다고 생각하면서 혀를 끌끌 찰 수밖에 없었다.

⚖

노형진은 그들이 고작 그걸로 포기하지 않을 거라는 것쯤은 알고 있었다.

경찰이 매일같이 와서 과태료 처분을 한다고 해도 그 몇 배를 벌고 있으니까.

"하지만 돈이 안 들어온다면 이야기는 달라지지요."

피해자들을 모아서 설명을 시작하는 노형진.

물론 대부분은 여기에 오지 않았다.

일부 진짜로 화가 난 사람들만 왔다.

하지만 여기에 오지 않은 사람들에게도 문자로 이곳에서 결정된 대비책을 이야기할 것이다.

"돈을 어떻게 안 줍니까? 이미 카드 결제까지 했는데."

누군가 짜증스럽게 말했다.

화가 나서 신고하기는 했지만 제대로 된 처벌을 받지 않았으니까.

"그게 중요한 겁니다. 대부분 카드 결제를 하셨지요?"

"그렇지요."

"어쩔 수 없잖아요."

계곡으로 놀러 가면서 수십만 원에 달하는 현금을 들고 가는 사람들은 거의 없다.

더군다나 가게가 자리한 위치에서 돈을 찾으려면 못해도 40분 이상 내려왔다가 또 그만큼 올라가야 하는데, 올라가는 데 시간이 더 걸린다는 점을 생각하면 왕복 두 시간 코스라고 봐도 무방하다.

그런 곳에 현금으로 음식값을 지불하려고 돈 찾으러 내려오는 사람은 없다.

"저는 그 점이 중요하다고 생각합니다. 이걸 보시죠."

노형진은 노트북 화면에 사진을 띄웠다.

그것은 카드사의 사용 내역 통지 문자였다.

"이건 제가 결제한 겁니다."

"그래서요?"

"그게 무슨 의미가 있지요?"

때가 되면 다 나갈 돈인데 말이다.

"혹시 그 가게 이름을 아시는 분?"

"가게 이름이 어디에 쓰여 있었습니까?"

그냥 무허가로 자리 잡고 음식을 만들어 파는 가게에 이름이 있을 리 없다.

설사 있다고 한들 아무 의미 없는 이름일 뿐이다.

"네, 그 부분이 중요합니다. 그거 금융실명제 위반이거든요."

"네?"

"그게 무슨 말이죠?"

"여러분은 카드를 사용하셨습니다. 여기 제가 사용한 카드의 사용 내역 통지 문자상의 이름을 보면 '금오식당'이라고 되어 있지요. 그래서 제가 찾아봤습니다, 금오식당이 어딘지."

금오식당은 그 카드에 찍혀 있는 이름이다.

그런데 찾아보니 산에서 좀 떨어진 백숙집이었다.

그리고 그곳의 가격은 산에서 먹는 것에 비해 터무니없이 쌌다.

"그래서요?"

"보통 그런 식당 주인이 같이하지 않아요?"

"그런 경우도 있고 아닌 경우도 있습니다. 중요한 건 그거죠. 카드 주소지에 찍혀 있는 금오식당과 우리가 먹은 장소는 다릅니다. 즉, 우리는 금오식당이라는 곳을 전혀 모르는 거죠. 따라서 우리는 의심스러운 카드 지급 내역에 대해 지급 금지를 청구할 수 있습니다."

"아하!"

"어? 그러고 보니 그러네."

금오식당은 그 가게에서 상당히 떨어져 있다.

계곡에서 걸어 나오는 시간을 제외하더라도, 차로 무려 30분을 더 가야 있는 곳이다.

그리고 이들은 그 근처에 간 적이 없다.

"우리는 간 적이 없는 곳에서 카드가 결제되었습니다. 현행법상 카드의 결제는, 정해진 장소에서 정해진 업주만 해야 합니다."

물론 편의에 따라 배달하는 경우도 많지만 그건 어디까지나 배달, 즉 소비자의 편의를 위해 하는 행동일 뿐이다.

"하지만 우리가 먹은 것은 그런 것도 아니죠."

전혀 다른 장소에서 전혀 다른 사람이 음식을 팔았다.

"여러분들 입장에서는 그들이 같은 식당이라는 증거가 없는 겁니다."

"하지만 그건 어디까지나 법적인 문제고……."

"네, 법적인 문제죠. 그래서 정지를 할 수가 있는 겁니다."

자신들이 이용하지도 않은 가게에서 수십만 원을 빼 간다는데 마냥 지켜보기만 하는 사람이 멍청한 것이다.

"여러분들은 카드 회사에 전화해서 지급 정지를 청구할 수 있습니다. 만일 체크카드의 경우라면 반환을 청구할 수 있고요."

물론 소송을 하면 그 돈을 받아 낼 수 있다.

하지만 그건 어디까지나 소송을 했을 때의 이야기다.

일단 불법적인 영업으로 인해 지급된 돈인 만큼 그 돈을 줘야 하는지도 법원의 결정에 따라 달라지겠지만, 설사 주라고 한다고 해도 그들의 불법 사유가 있는 만큼 소송비의 대부분은 그 식당 주인이 내야 한다.

"보통 소송을 하기 위해서는 변호사를 사야 하죠."

변호사 사는 데 한두 푼이 드는 게 아니다.

더군다나 건수가 많은 만큼 변호사도 적지 않은 돈을 요구할 것이다.

전형적인 '배보다 배꼽인' 상황이 되는 것이다.

"이런 건 생각도 못 했는데. 그러면 지금 당장 전화해서 지급하지 말라고 이야기하면 되는 겁니까?"

"네. 만일 이미 지급되었다면, 그에 대한 반환 청구 소송은 저희가 따로 청구하겠습니다."

"뭐, 그건 어려운 게 아니니까."

누군가 일어나면서 핸드폰을 들었다.

카드 회사에 전화해서 지급을 정지시키기 위해서였다.

그러자 다른 사람들도 너도나도 핸드폰을 꺼내 들고 카드 회사에 해당 식당에 대한 지급 정지를 신청하기 시작했다.

"과연."

옆에서 보고 있던 손채림은 고개를 끄덕거렸다.

"이런 방법이 있었네."

"카드라는 것은 바로 지급되는 게 아니거든."

카드를 긁는다고 해서 바로 돈이 들어가는 게 아니다.

일반적으로 업주에게 돈이 들어가기까지 2주 정도의 시간이 걸린다.

그리고 카드 대금은 다음 달에 청구가 되고 말이다.

즉, 그 전에 지급 정지를 청구하면 바로 막혀 버린다.

"이건 딱히 사기도 아니지."

누가 봐도 전혀 다른 업체니까.

한 시간이 넘게 떨어진 곳에서 결제되는 게 이상한 거다.

"돈이 안 들어가면, 당연하게도 그 벌금이 어마어마한 압박이 되겠구나."

그들이 벌금 이야기에도 코웃음을 친 이유. 그건 들어올 돈 때문이다.

하지만 그 돈이 안 들어오면 이야기는 달라진다.

"망했네."

"망하긴. 아직 안 끝났다."

"안 끝났다니?"

"이상한 일이 벌어지고 있고 그에 따른 고발이 들어왔지."

노형진은 종이를 한 장 꺼내서 흔들었다.

거기에는 '고발장'이라는 단어와 함께 카드 부정 사용에 대한 고발 내용이 적혀 있었다.

"이는 즉, 세무서와 경찰서에서 수사할 수 있는 대상이라는 뜻이지."

"헐, 미친."

"물론 경찰서에서는 수사를 하더라도 무혐의로 나올 거야. 하지만 세무서는 다르지."

세무서에서는 이게 형법상 처벌 대상인지 아닌지를 보는 게 아니다.

과연 이것이 금융실명제법 위반인지 아닌지를 보는 것이다. 금융실명제에 따르면 타인의 명의로 거래할 수는 없으니까.

"주인이 다르다고 하면?"

"당연히 둘 다 감방행. 부당 명의 임대니까."

금융실명제 위반으로 인해 그들은 형사처벌을 피할 수 없다.

"주인이 똑같다고 하면?"

"그때는 탈세 조사가 시작되겠지."

명백하게 허가받지 않은 장소에서 불법적으로 영업했다.

당연하게도 그곳에서 벌어들인 수익 중 현금으로 이루어지는 수익에 대해서는 신고하지 않을 게 뻔하다.

아니, 대부분의 식당들이 현금으로 이루어지는 거래는 신고하지 않고 탈세한다.

그건 대부분 하는 일이고, 정부도 그걸 크게 문제 삼지 않는다.

카드 시설이 잘되어 있는 한국은 그런 현금 거래가 그다지 많지 않은 데다가, 그걸 다 조사하려 들면 인력 부족 문제와 소상공인 문제가 터지기 때문이다.

"하지만 피해자가 존재하고 고발이 진행된 사건에 대해서는 이야기가 달라지지. 거기에다 증거까지 있으니 그건 세무조사를 안 할 수가 없어."

"미쳤네."

세무조사가 진행되면 진짜 머리털 하나까지 털어 내는 곳이 세무서다.

당연하게도 그들에게 걸렸으니 가게는 쫑 났다고 봐야 한다.

"방법이 없다더니."

"방법이 없어?"

노형진은 코웃음을 쳤다.

방법이 없는 게 아니다. 그저 일을 안 할 뿐.

"아직 하나 남았는데."

"또 남았다고?"

"말했잖아. 방법이 없는 게 아니야. 공무원들이 일을 안 할 뿐이지. 그리고 난 최소한 복수에 대해서는 부지런한 인간이야, 후후후."

⚖

식당 주인은 똥줄이 바짝바짝 타기 시작했다.

처음 공무원이 와서 자신들을 죽이려고 작정했냐고 지랄할 때만 해도 '또 누가 찔렀나 보다.'라고 생각했다.

한두 번 당한 것도 아니고 사람이 매일 와서 감시할 수 있는 것도 아니니, 시간 지나면 대부분 흐지부지된다는 것을 잘 알고 있기 때문이다.

'니미 씨발……. 그런데 이게 뭐야?'

그런데 지금은 상황이 좀 다르다.

신고를 했는데 공무원이 오지 않으면 득달같이 감사원으로 증거자료가 들어간다.

그래서 숨어서 찍는 놈을 잡으려 했는데, 주변이 다 산인지라 놈을 찾을 수가 없다.

그러니 매일같이 공무원이 와서 지랄을 한다.

조만간 행정대집행을 하겠다는 경고와 함께.

그것도 미칠 노릇인데, 강매로 신고가 들어왔다고 하는 바람에 매일같이 경찰서로 출석해야 한다.

한두 건이 아닌지라 벌금도 많은데 카드 회사에서는 지급 정지가 들어왔다면서 돈을 안 준다.

항변했지만 그들의 말은, 카드 소유주의 청구이므로 그쪽과 소송해서 받아 내라고 하는 황당한 소리였다.

거기까지는 이해가 간다.

그런데 이들은 도대체 뭐란 말인가?

“불법 시설물에 오폐수 무단 방류에, 하아…….”

출동한 경찰은 짜증 난다는 듯 남자를 바라보았다.

그럴 수밖에 없는 게, 하루에 들어오는 신고만 해도 한두 개가 아니니까.

“나도 억울하다고요!”

“억울할 건 없으시고.”

경찰은 뭔가를 꺼내 들었다.

그걸 본 식당 주인은 얼굴이 파랗게 변하기 시작했다.

“영장 나왔습니다. 조용히 같이 가실래요, 아니면 수갑 채울까요?”

“여, 영장?”

“구속영장입니다. 금융실명제 위반에 전자 서명법 위반에 수백 건의 갈취에 탈세에 환경보호법 위반에, 당신이 위반한 법이 몇 개인 줄 알아요?”

주인은 털썩 주저앉았다.

“아니…… 난…… 그냥 한철 장사해서 먹고살자고…….”

"그게 비정상인 겁니다. 당신이 한철 장사해서 먹고살면? 1년 내내 일하는 우리 같은 사람들은 뭐가 됩니까?"

그는 짜증스럽게 말하면서 주인을 강제로 일으켰다.

"갑시다. 아, 그리고 여기 대집행하고 그 집행 비용을 청구할 테니까 그렇게 알고 있어요."

사장은 영혼이 나간 듯 그제야 눈물을 흘리기 시작했다.

⚖

"아이고, 좋네."

다시 찾아간 계곡은 깨끗했다.

평상도, 식당도, 철조망도 없는 깨끗한 계곡.

"그 인간 다 처벌받을까?"

"그건 아니겠지. 일단 행동은 하나니까."

이런 경우 형법에서는 '경합'이라고 해서 사건을 묶어서 처리하는 경향이 있다.

"하지만 행정적 처벌은 피할 수 없을 거야. 아마 어마어마한 벌금을 내야 할걸."

어쩌면 가게가 영업정지당할지도 모른다.

"아, 이런 실수를."

"응?"

"식품위생법 위반으로 고발한다는 걸 깜빡했네."

"너 진짜 말려 죽이려고 했구나."

"한철 장사한다는데, 나도 한 건 최대한 뜯어내야 먹고살지."

키득거리면서 계곡에 발을 담근 노형진은 눈을 감고 서늘한 바람과 차가운 물의 느낌을 즐겼다.

그 옆에서는 아이들이 웃고 떠드는 소리가 들려왔다.

"방법이 없는 게 아니야. 방법은 있어. 그걸 찾지 않을 뿐."

"그러면 이건 어쩔 거야?"

"글쎄, 일단 사회단체에다가 알려 주려고. 우리가 다 소송을 할 수 있는 것도 아니잖아."

사실 변호사로서 이번 일에 끼어든 사항은 거의 없다.

대부분 피해자로서, 그리고 고발인으로서 참가한 것이다.

"그러면 전국에서 이런 짓거리 하는 놈들을 박멸할 수 있지 않을까?"

"그러면 좋겠네."

손채림도 커다란 바위에 누워서 하늘을 바라보며 말했다.

"이런 곳이 더 생긴다면 참 좋을 것 같아."

"아주 좋지."

두 사람은 한참을 숲의 바람을 느끼면서 눈을 감고 있었다.

반성은 없다

고연미는 손을 번쩍 들고 소리쳤다.

"새론을 위하여!"

"언니 늙었어."

"맞아. 사회인 다 되었어."

고연미의 옆에 있던 다른 여자들이 툴툴거렸다.

"이것들이."

고연미는 그걸 보고 눈썹을 치켜세웠지만, 주변에서도 호응해 주지 않기는 마찬가지.

"아니, 똑같은 아이돌 출신인데 대우가 너무 다른 거 아니에요?"

고연미.

원래는 아이돌이었지만, 비전이 없다고 생각하고 변호사로 직업을 바꾼 사람이었다.

하지만 태양에 속아서 집사 변호사 겸 노리개 취급을 당하다가, 노형진을 만나 그곳에서 벗어나 새롭게 새론에서 시작했다.

“고 변호사님은 전직. 이분들은 현직.”

노형진은 그런 고연미를 보면서 씩 웃으며 말했다.

오늘 고연미가 자신의 걸 그룹 동료들을 불러왔기 때문이다.

고연미가 은퇴했다고 하지만 걸 그룹이 해체된 것은 아니니까.

“와, 진짜. 노 변호사님, 저도 걸 그룹 출신이라니까요.”

“원래 정승네 개가 죽으면 문상 가도, 정승이 죽으면 안 가는 법입니다.”

“옳소!”

“맞다!”

노형진의 말에 환호하는 다른 변호사들.

“그런 의미에서 제가 한마디 하죠. 새론을 위하여!”

“위하여!”

“위하여!”

고연미와 다르게 호응을 해 주는 변호사들.

그걸 본 고연미는 입을 삐쭉거렸다.

“아, 이건 또 뭔데요?”

"저는 이사. 고 변호사님은 평변호사."

"와, 진짜 말발로는 못 이기겠네."

"큭큭큭."

분위기 좋게 흘러가는 회식 자리.

변호사들만을 위한 자리였기에 다들 편하게 먹고 마셨다.

그 안에서의 탐색전은 치열하다 못해 뜨거웠지만.

그렇게 한참이 지나고 사람들이 분위기가 좋아질 때쯤, 고연미는 바깥으로 나간 노형진을 따라가 감사의 인사를 건넸다.

"고마워요, 제 부탁을 들어줘서."

"어려운 부탁은 아니니까요."

"아무래도 제 친구들은 누구를 만나기 힘든 게 사실이니까요."

고연미야 은퇴했다고 하지만 다른 사람들은 아직 활동하고 있다.

오래된 다른 걸 그룹들처럼, 이름이야 남아 있지만 사실상 개별 활동이 더 많은 상황.

그렇다 보니 개개인에게 달라붙는 기자들도 많았다.

"대시하는 애들이 없어요?"

"어린애들이 뭘 알겠어요?"

살짝 미소 짓는 고연미.

사실 이번 만남은 공식적으로는 새론 변호사들의 회식이었지만, 비공식적으로는 새론 변호사들과 고연미 친구들의 소개팅이었다.

연예인이라는 특성상 누구를 만나는 게 쉽지도 않거니와, 자칫 잘못하면 스캔들이 터지기 때문에 전 멤버가 회식에 불렀다는 핑계로 자리를 주선한 것.

"우리 애들도 이제 나이가 있으니 걸 그룹보다는 개별 활동을 하는 상황이고, 신인 애들이야 뭐……."

물론 나이가 맞는 연예인들이 없는 것은 아니다.

하지만 여전히 스캔들의 위험성이 있는 데다가 같이 일하다 보니 누가 누구랑 사귀었다는 식의 이야기가 다 돌아서 남자 연예인을 만나는 것은 영 찝찝할 수밖에 없다.

"이제 멍석은 깔아 줬으니 알아서 움직이겠지요."

"그렇겠지요."

노형진은 고개를 끄덕거렸다.

자신들이 중간에 빠진 이유도 그거다.

원래 주최한 사람들은 맞선 자리에서 빠져야 하니까.

"이제 집에 가서 좀 쉬어야겠네요."

"감사해요. 다음번에 또 부탁드릴게요."

"또요?"

"제 연예인 친구가 저 애들만 있는 건 아니잖아요, 호호호."

"하하하."

머쓱하게 웃는 노형진.

다음에는 누구를 부르나 고민하던 그때였다.

"이 개새끼!"

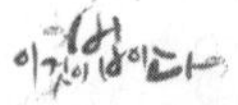

'와장창' 소리와 함께 갑자기 카운터 쪽에서 요란한 소리가 들려왔다.

노형진은 그 소리에 깜짝 놀라서 다시 건물 안쪽으로 들어갔다.

그러자 주인이 부들부들 떠는 것이 보였다.

"소주언 씨!"

고연미는 깜짝 놀라서 소리를 질렀다.

사실 이 가게 주인은 고연미가 아는 사람이었다.

정확하게는 그의 사건을 고연미가 담당했었다.

"아니, 이게 무슨……."

고연미는 주인에게 달려가다가 눈을 찌푸렸다.

거기에는 그녀가 익히 아는 사람이 있었다.

아니, 아는 정도 아니다.

그녀가 직접 고발했던 인간이니까.

"당신은……."

바닥에 쓰러진 남자는 피식 웃으면서 일어났다.

"왜? 네 딸년 존나 맛있다고 하니까 빡치냐? 어?"

"너 이 새끼! 안 꺼져!"

"허이구, 나는 손님으로 온 거야! 내가 어디서 먹든 무슨 상관이야!"

소리를 지르는 남자, 염가형.

그는 다름 아닌 가해자였다.

그것도 소주언의 딸을 강간했던 강간범.

"그러니까 딸년 한 번만 더 맛보게 해 달라고. 아주 명기야. 존나 맛있어서 아주 잠이 안 와."

"야, 이 개새끼야!"

결국 참지 못한 소주언은 주방에서 칼을 들고 뛰쳐나왔다.

"진정하세요! 진정!"

이러다 진짜 살인 사건이 나겠다는 생각에 고연미는 그를 말렸고, 노형진도 이건 아니다 싶어서 서둘러서 그를 막았다.

"사장님, 진정하세요."

"죽여 버릴 거야!"

"진정하시고……!"

직원이 다 매달려서 말리는 사이에, 가게의 문이 열리면서 경찰이 들어왔다.

"폭행 신고가 들어와서 출동했습니…… 당신! 당장 칼 안 내려!"

칼을 들고 설치는 소주언을 보고 깜짝 놀라서 총에 손을 올리는 경찰들.

"진정하세요!"

"저 새끼가 팼어요!"

"봐요! 저 새끼가 칼로 우리 죽이려고 했어요!"

고연미가 눈을 크게 뜨면서 그들을 노려보았다.

"당신들이 먼저 도발했잖아!"

"그래서 뭐? 저 새끼가 팬 건 거짓말은 아니잖아?"

"당신 진짜?"

"왜? 뭐? 아니꼬우면 고소해, 씨발!"

노형진은 상황을 보다가 뭔가 이상하다고 생각했다.

이 사건에 대해 아는 건 아니지만, 일방이 도발한다는 것은 상식적으로 말이 안 된다.

"저 새끼 잡아가요!"

염가형은 고래고래 소리를 질렀고, 소주언은 칼을 바닥에 떨군 채로 눈물을 뚝뚝 흘렸다.

"일단…… 진정하시고……. 같이 경찰서에 가요."

고연미는 경찰을 보고 눈을 찡그리며 말했다.

경찰이 출동한 데다 칼까지 들고 있었으니 진술서를 쓰지 않을 수는 없다.

"흑흑…… 변호사님…… 저 억울해서 죽겠습니다…… 흑흑……."

"알아요. 제가 도와드릴게요……. 진정하세요, 진정."

"개 같은 새끼. 사람을 패고 네가 멀쩡하게 다리 펴고 살 것 같아? 나 이 새끼 고소합니다. 폭행, 아니다, 죽이려고 칼 들었으니 살인미수예요! 살인미수!"

고래고래 소리를 지르는 염가형과 그 일당.

고연미는 부들부들 떠는 소주언을 경찰에게 넘기고 노형진을 바라보았다.

"죄송해요. 아무래도 경찰서에 갔다 와야 할 것 같아요."

"그러세요. 제가 같이 가고 싶지만……."

이번 사건의 전후에 대해 알지 못하는 상황에서 그가 할 수 있는 건 없었다.

"갑시다."

거칠게 다가오는 경찰.

노형진은 경찰을 보고 눈을 찌푸렸다.

"수갑은 왜요?"

"뭐요?"

"수갑이 필요한 상황이 아닌데 왜 채우려고 하는 겁니까?"

"칼 들고 설치던 놈을 뭘 믿고 그냥 데려갑니까? 그리고 당신이 뭔데 끼어요?"

"우리, 이쪽 변호사입니다."

"변호사……."

변호사라는 말에, 소주언에게 수갑을 채우려던 경찰은 슬그머니 다시 수갑을 주머니에 넣었다.

"그리고 수갑을 채우려면 저쪽도 채워야지요."

"뭐요?"

"우리는 쌍방으로 봤거든."

"쌍방?"

경찰은 곤혹스러운 듯 염가형을 바라보았다.

물론 그들의 패거리는 절대 아니라고 손을 흔들었다.

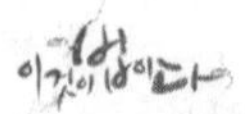

"우리는 손 안 댔어요."

"진짜로 건드리지도 않았습니다."

"안 건드렸다는데요?"

"그래요? 내가 봐서는 아니던데."

"으음……."

폭행 사건 발생 시에 가장 먼저 진행되는 것 중 하나가 바로 쌍방 폭행이다.

그리고 상대방이 쌍방 폭행을 주장하는 경우 경찰은 그걸 조사할 수밖에 없다.

"할 수 없지요. 그쪽도 같이 갑시다."

"그럽시다!"

염가형은 꿀릴 것이 없다는 듯 손을 흔들었다.

노형진은 그런 그를 보다가 고연미에게 말을 건넸다.

"일단 다녀와서 이야기하지요. 무슨 사건인지 모르겠지만."

무슨 사건인지 모르지만 염가형의 탐욕으로 가득한 눈빛을 보아하니, 아무래도 이번 사건은 좀 알아봐야 할 듯했다.

⚖

"강간이라……."

"증거도 명확하고 증인도 있고, 어려운 게 없는 사건이었지요."

원사건, 그러니까 소주언과 염가형이 원수가 된 것은 염가형이 소주언의 딸을 강간한 것에서부터 시작되었다.

염가형은 제법 잘나가는 집안의 사람이고, 소주언의 딸은 그가 운영하는 커피숍에서 아르바이트하던 알바생이었던 것.

"그건 문제가 아닌 것 같은데, 뭐가 문제가 된 거죠?"

"저도 사실 사건이 끝난 후에는 어떤 상황인지 몰랐어요."

사건이 끝난 뒤에 피해자들과 변호사들이 왕래하는 경우는 드문 데다가, 이번 사건의 경우 염가형에게 실형이 나왔기 때문이다.

"실형이 나왔는데 벌써 나왔다고요?"

아무리 고연미가 입사하고 얼마 안 돼서 담당했던 사건이라고 할지라도, 실형이 떨어졌다면 아직 감옥에 있어야 하는 것 아닌가 하는 생각에 노형진은 고개를 갸웃했다.

그런 노형진을 보면서 고연미는 한숨을 푹 쉬었다.

"애초에 형량이 높지 않았어요. 염가형의 집이 돈이 좀 있거든요."

"돈이 좀 있다니요?"

"건물만 다섯 채예요. 애초에 염가형이 운영하던 커피숍도 아버지의 건물에 있던 것이고요."

"끄응."

그러면 답이 보인다.

고발을 한다고 해도, 결국 변호사가 형사사건에서 할 수

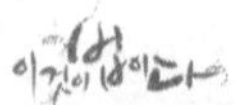

있는 것은 한정적이다.

고발을 도와줄 수는 있지만 재판 자체에 개입할 수는 없다.

그러니 돈으로 검사와 판사를 주무르면 형량을 줄이는 게 어렵지 않다.

"거기에다 2심까지 간다면……."

1심에서 최대한 낮추고도 2심에서 더 낮출 수 있다.

"거기에다 가석방까지 끼었다고 하더라고요."

"아주 작심하고 돈을 뿌린 모양이네요."

가석방은 형기의 3분의 1을 마치고 나면 상황에 따라 석방해 주고, 일정 기간 동안 사고를 치지 않으면 형을 다 산 것으로 해 주는 제도다.

물론 돈이 있으면 더 빨리 나오는 것은 당연한 일이고.

"가석방이라고 하면 결국 부자들이 빨리 나오기 위한 방법이잖아?"

"그렇지. 재벌 총수님들께서 자주 쓰시는 방법이지."

손채림은 듣다가 빈정거렸고, 노형진도 인정한다는 듯 고개를 끄덕거렸다.

실제 일반인들은 대부분 80~90% 이상의 형기를 끝내지 않으면 나오지 못하는 데 반해, 총수들은 어지간하면 째깍째깍 나오니까.

"염가형은 업무상 위력에 의한 강간으로 2년 8개월을 받았어요. 하지만 2심에서 2년으로 감형받았고요. 감옥에서 1

년 정도 있다가 가석방으로 나왔어요. 대략 60% 정도의 형기만 마친 셈이지요."

형기에는 구치소에 있던 기간도 포함된다.

즉, 감옥에 있었던 기간 자체가 얼마 되지 않는다는 소리다.

사실 가석방이 되어도 남은 형기 동안은 보호관찰을 받아야 한다.

그리고 그 기간이 끝나야 비로소 자유로워진다.

물론 보호관찰이라고 해 봐야, 돈이 있으니 세상 사는 데 아무런 문제도 없겠지만 말이다.

"그리고 나오자마자 행패를 부린다?"

"아주 집요하게요."

"그런데 처벌을 못 해요? 들은 대로라면 그 정도면 잡혀가도 할 말이 없는 것 같은데."

손채림은 고개를 갸웃했다.

그런 사람이라면 당연히 잡혀가야 한다.

그렇게 생각했다.

하지만 세상은 그렇게 만만한 게 아니었다.

"행패는 부리지만 큰 실수는 하지 않아요."

"네?"

"물건을 부수거나 때리거나 사람을 동원해서 협박하거나 하지는 않는다고요."

"그러면?"

노형진은 그때 상황을 기억해 내고는 저절로 눈이 찡그러졌다.

상황을 보아하니 그들의 방법을 알 것 같았다.

"말로 하는군."

"말?"

"그래. 말로 하는 폭행은 폭행이 아니니까."

"그게 무슨 소리야? 말로 하는 폭행은 폭행이 아니라니?"

"말로 하는 모욕적 언사는 기껏해야 명예훼손이야. 아니지, 이 경우는 면전에 대고 하는 말이고 명예와는 상관없으니, 모욕죄에 해당되겠네."

일반적으로 비슷하게 사용되기는 하지만 모욕죄는 명예훼손보다 훨씬 처벌이 약하다.

명예훼손은 주변에 피해가 가지만 모욕죄는 개개인이 기분 나쁜 것이니까.

"맞아요. 그래서 제가 고민이에요."

"어째서?"

"모욕죄는 기본적으로 처벌이 낮아. 대부분 벌금으로 끝나지."

모욕죄는 1년 이하의 징역이나 금고, 그리고 200만 원 이하의 벌금이다.

문제는 지금까지 대부분의 판례를 보면 모욕죄로 실형이 나오는 경우는 거의 1%가 안 된다고 봐야 한다는 것이다.

아니, 0.1%도 안 될 것이다.

"돈이 있는 집안이라고 하니 뭐, 벌금 따위 무섭지 않겠지."

"가끔은 나오잖아."

"그건 다른 사건들과 병합해서 이루어지는 경우가 많아."

가령 식당에서 직원을 모욕하면 모욕죄와 업무방해, 회사에서 모욕하면 모욕과 명예훼손같이 다른 사건과 함께 묶어서 처벌하는 것이다.

"소주언이라는 그분, 식당 운영하신다며? 그곳에서 모욕했으니까 그걸로 묶으면 되지 않을까?"

"문제는 돈이지."

"아아아."

강간범을 고작 1년 살고 나오게 만들 정도로 힘이 있는 자들이다.

그런 자들이 과연 모욕 하나 막지 못해서 실형이 나올까?

"100% 벌금이야."

"가석방 기간이라면서?"

"그게 문제야."

가석방 기간이라고 하지만 뭐든 범죄를 저지른다고 다시 넣는 건 아니다.

가석방을 취소할 정도의 강력 범죄가 아니라면, 얼마든지 벌금을 내릴 수 있다.

아니, 대충 무마해서 벌금으로 마무리한다면 가석방이 취소되지 않는다고 하는 게 맞을 것이다.

즉, 재판을 하기도 전에 이미 답은 정해진 것이나 마찬가지다.

"이러한 모욕은 가석방을 취소할 정도로 강력한 범죄는 아니야. 그에 반해 피해자들의 정신적 충격은 어마어마하지. 세치 혀로 사람을 죽일 수 있다는 말이 절대 농담이 아니거든."

"안 그래도 소주언 씨가 염가형 때문에 가족들을 대피시켰다고 하더라고요."

딸은 정신과 치료를 받고 있고, 아내는 극심한 우울증을 겪고 있다.

결국 소주언 입장에서는 그들을 지키기 위해 염가형이 모르는 친척집으로 그들을 대피시킬 수밖에 없었다.

"그러니까 가게에 와서 행패를 부린다는 거군."

"네."

가게를 그만둘 수는 없다.

한국에서 정신과 상담은 보험 대상이 아니기 때문이다.

즉, 두 사람의 정신과 치료비를 감당하기 위해서는 죽으나 사나 가게를 열어야 한다.

"속에서는 열불이 나겠지. 하지만 어쩔 수가 없을 거야."

아버지라는 이름, 남편이라는 이름 때문에 그는 자신의 분노를 억누르는 수밖에 없다.

물론 경찰에 몇 번 신고를 했겠지만, 경찰은 그런 말싸움에 끼어들지는 않는다.

"그래서 그날은 어떻게 처리되었나요?"

"폭행으로 고소당했고…… 아무래도 폭행으로 처벌받을 것 같아요. 물론 정상참작의 여지가 있기 때문에 실형이 나오지는 않겠지만."

"쌍방으로 몰고 가지 그러셨어요?"

"쌍방으로 몰고 가려고 했죠. 그런데 그 새끼들이 뒤에서 촬영하고 있었더라고요."

"허!"

그것도 그냥 촬영한 게 아니라 무음으로 촬영했단다.

소리는 빼고 영상만 촬영했기 때문에, 자기들이 모욕하거나 빈정거리거나 헛소리한 것은 하나도 녹음되지 않았고 오로지 소주언이 염가형을 패는 것만 녹화되었다.

"아주 작심하고 하는 것 같군요."

"네. 그리고 요즘 자꾸 미성년자가 들어온다고……."

"미성년자?"

"네. 우연이라고 생각했는데, 우연은 아닌 것 같아요."

"거긴 미성년자가 와서 술 마시기 어려운 고가의 술집인데…… 이 새끼……."

노형진은 문득 전에 해결했던 사건이 기억났다.

미성년자를 경쟁 업체에 심어서 영업을 방해하는 업자들이 있었던 사건.

"설마 그 새끼가?"

손채림도 눈치 빠르게 알아차렸고, 고연미는 천천히 고개를 끄덕거렸다.

"미성년자들이 성인인 척하고 와서 마실 술집은 아니니까."

미성년자들이 가는 술집은 기껏해야 호프집이다.

그런 고가의 술집은 갈 일이 없다.

즉, 염가형이 고의로 미성년자를 집어넣고 있을 가능성이 높다는 뜻이다.

"죽이려고 작정을 했군."

안 그래도 상담 치료비로 허덕이는 소주언이다.

그런데 가게가 문을 닫게 되면 상담 치료를 받지 못하게 되니, 극심한 우울증을 앓고 있는 두 사람이 자살할 가능성도 높아진다.

"이 경우는 두 사람의 자살에 염가형의 책임은 없으니까."

"와! 개새끼!"

부들부들 떠는 손채림.

노형진 역시 혀를 끌끌 찰 수밖에 없었다.

"반성 안 하고 보복하는 놈들은 많이 봤지만 이 정도로 하는 새끼들은 또 처음 보네."

특히나 강간 사건은 다른 사건에 비해 반성을 더 안 한다.

오죽하면 가장 재범 확률이 높은 것이 강간이겠는가?

"아마 자기 힘을 자랑하고 싶겠지."

그리고 그걸 보여 줘야 다른 사람을 강간했을 때 자신을 신고하는 멍청한 짓을 안 할 거라 생각할 것이다.

"그러면 어쩌죠?"

"접근 금지 명령을 받아 내도록 하죠."

"저도 그 생각은 했는데……."

접근 금지 명령. 그건 기본적으로 민사다.

즉, 한 번 받아 낸 명령을 지키지 않으면 처벌을 받는 게 아니라 민사적 손해배상을 받아 내는 정도일 뿐이다.

"돈이 넘쳐 나서 어쩔 줄 모르는 인간들이 그걸 신경 쓸까요?"

"총수입이 얼마나 되는데요?"

"한 달에 대략 4억 정도 된다고 들었어요."

"허."

한 달에 4억쯤 번다면 손해배상쯤은 아무것도 아닐 것이다.

"그러면 어쩌지? 내가 봐도 안 지킬 것 같은데."

노형진은 고개를 끄덕거렸다.

"알아. 안 지키겠지. 그게 목적이야."

"응?"

"생각을 바꿔야 해. 못 오게 하는 게 아니라, 오도록 해서 우리가 수익을 만들어 내자고."

"무슨 소리야?"

"수익을 만들어 내자고요?"

노형진의 말에 두 사람은 고개를 갸웃했다.

어떤 식으로 수익을 만들어 낸단 말인가?

하지만 곧이어서 노형진이 설명을 해 주자, 그들은 그가 왜 그렇게 말했는지 알 것 같았다.

"지금 상황은 소주언 씨가 혼자서 분노를 감당하고 있습니다. 소주언 씨에게도 좋은 상황은 아니죠."

"그건 그래요."

"그러니까 생각을 바꾸도록 하는 겁니다. 그가 찾아오는 것이 스트레스가 아니라 좋은 일이라고."

"어떻게요?"

"간접강제를 청구하는 거죠."

"간접강제?"

"아하!"

간접강제란 민사적인 사건의 경우 조건을 부과하고 그 조건을 달성할 것은 요구하거나 그 조건을 지키지 않는 경우에 회당으로 손해배상을 청구하는 것이다.

대부분의 경우 인정되지 않지만.

"지금처럼 악질적인 경우는 충분히 가능할 겁니다. 증인도, 증거도 많으니까."

"그러면 그가 올 때마다 돈을 번다는 거네."

"정확하게 말하면 염가형이 와서 깽판을 칠 때마다 치료비가 나온다고 생각하게 하는 거지."

그러면 아무래도 상대적으로 마냥 참는 것보다는 스트레

스를 덜 받을 것이다.

"무조건 보호하고 싶지만, 법적으로도 그건 불가능하니까요."

그런 거라면 차라리 이쪽에서 기회로 반전시키는 것이 현명한 법이다.

"피하지 못하면 즐겨라 이건가?"

"즐기지는 못하겠지만 스트레스는 덜 받겠지."

노형진은 손가락으로 탁자를 두들기며 말했다.

"그런 의미에서 친구분들이 저를 좀 도와주셔야겠습니다, 후후후."

"친애하는 재판장님."

노형진은 접근 금지 명령을 청구했다.

사실 어려운 재판도 아니었다.

일반적으로 접근 금지 명령을 개별적 본안으로 청구하는 경우는 드물기는 하지만, 그렇다고 해서 하지 말라는 법은 없으니까.

"이번 사건에서 피고 염가형은 원고 소주언에게 지속적으로 찾아와서 모욕적 언사를 하면서 정신적인 스트레스를 주고 있습니다. 염가형은 피고의 딸을 강간한 가해자이면서도 반성은 하지 않고 지속적으로 가족들을 찾아가 폭언을 하면서 그들에게 정신적 충격을 줬습니다."

노형진이 변호를 하는 상황에서도 염가형은 의자에 삐딱하게 기대앉아서 피식거리면서 웃고 있었다.

그걸 본 판사는 눈을 찌푸리면서 일갈했다.

"피고, 여기는 신성한 법정입니다. 자세 똑바로 하세요."

"아, 네."

옆에 있던 변호사가 툭 치며 눈치를 주자 그제야 자세를 바로 하는 염가형.

'미리 다 듣고 왔다 이거군.'

노형진은 염가형을 보면서 알 것 같다는 듯 미소 지었다.

'그렇겠지.'

이런 경우 접근 금지 명령에 따른 배상금은 많지 않다.

물론 회당으로 청구하기는 했지만.

'과연 어떤 선택을 할까?'

노형진은 판사를 바라보다가 염가형의 변호사를 바라보았다.

"피고 측 변호인, 변호하세요."

"재판장님, 피고가 찾아간 것은 결코 협박이나 가해의 목적이 아니었습니다. 진지하게 사과하려고 찾아간 것뿐입니다. 그 과정에서 결국 서로의 오해와 불신으로 인해 언성이 높아졌다고 하지만, 그렇다고 해서 이런 터무니없는 조건의 접근 금지 명령이 나오는 것은 부당하다고 생각합니다."

"피고 측 변호인, 그 말은 피고 측이 계속 원고를 찾아갈 의사가 있다는 이야기인가요?"

"사과는 해야 하니까요."

보통 일이 이 지경이 되면 찾아가지 않는 것이 정상이다.

특수한 경우, 그러니까 스토커이거나 정신적으로 불안정한 놈들이야 신경 안 쓰고 찾아가지만.

'정신도 멀쩡한 놈이 계속 찾아가겠다 이거군.'

정상적인 변론이라면 반성하겠다, 사과하겠다고 하면서 더 이상 찾아가지 않겠다고 말해야 하는데, 저쪽 변호사는 찾아가는 것을 베이스로 깔고 변론하고 있었다.

즉, 염가형이 찾아가겠다고 확실하게 못을 박아 둔 것이다.

"원고 측에서는 피고 측 사과가 필요 없다고 몇 번 말씀드렸을 텐데요?"

"원래 피해자분들이 순간적인 분노를 참지 못하고 그런 말씀을 하시지 않습니까? 하지만 피고 측 입장에서도, 사과하고 나서 마음 편하게 사회를 살아가는 것이 좋지 않겠습니까?"

"누구 좋으라고 우리가 사과를 받아 줍니까?"

"원래 세상은 용서로 평화가 찾아오는 법입니다."

"우리는 안 합니다."

"그러니 찾아가서 사과하려고 하는 겁니다."

평행선을 달리는 두 사람의 주장.

보다 못한 판사가 중간에 끼어들었다.

"두 사람 다 진정하세요. 원고 측, 여기서 피고 측의 사과를 받아들이시는 게 어떻겠습니까?"

지극히 합리적인 말처럼 들렸지만 노형진은 그 말의 진의를 알고 있었다.

'여기서 사과를 받아들이고 그 후에 이 소송을 취하하라 이거겠지.'

그러면 염가형은 다시 찾아와서 개지랄을 할 것이다.

그리고 다시 소송하려면 그만큼 시간이 걸릴 테고 말이다.

"불가합니다."

"용서의 의사가 없다는 말인가요?"

"무슨 용서요? 애초에 피고 측은 사과할 생각이 없는데 무슨 용서를 합니까?"

"그건 어디까지나 서로 간의 오해가 있었던 것뿐입니다."

"오해 풀 생각 없으니까 오지 말라고요."

"재판장님, 저희는 최선을 다해서 사과할 생각입니다. 그러니 최대한 이번 사건에 대해 선처해 주시기 바랍니다."

"찾아와서 사과한다는 게 그딴 소리입니까?"

"그딴 소리라니요? 우리는 사과를 했는데 폭행한 건 원고 측입니다."

"무슨 소리를 했는지 증거로 제출했는데 그거 안 보셨어요?"

"봤습니다만, 말도 안 되는 소리죠. 세상에 그런 소리를 하는 가해자가 어디에 있습니까? 그리고 그건 그쪽의 일방적인 주장입니다. 그 말을 했다는 녹음 기록이나 녹취록은 없지 않습니까?"

"그 당시 직원들이 들었습니다만? 그것도 수차례나요."

"직원들은 원고 측의 휘하에 있는 사람들 아닙니까? 그들의 증언 능력을 의심하지 않을 수가 없군요."

"좋습니다. 다 포기할 테니 하나만 약속해 주세요. 찾아오지 마세요. 그거면 되는 겁니다."

"저도 그러고 싶습니다만, 피고 측이 어떻게 해서든 진심을 담아서 찾아뵙고 사과하고 싶어 하니 저로서도 말릴 수가 없네요. 재판장님, 이렇게 사과하려고 하는 피고의 진심을 알아주시기 바랍니다."

척 봐도 상대방 변호사는 변호 자체를 포기한 듯 보였다

피고 측 변호사의 목적은 접근 금지를 방어하는 게 아니라 접근 금지를 어길 때마다 내야 하는 돈의 금액을 깎는 것이었으니까.

'그래, 그럴 줄 알았다.'

노형진은 고개를 돌려서 방청석에 앉아 있는 고연미를 바라보았다.

고연미는 고개를 끄덕거렸다.

사실 접근 금지 명령을 지키지 않을 거라는 것쯤은 알고 있었다.

그리고 방어 자체를 금액을 깎는 쪽으로 할 거라는 것도.

'아마 접근 금지 명령에 대해서는 인정하겠지만 회당 강제

부과금은 인정하지 않겠지.'

즉, 찾아갈 때마다 따로 손해배상을 청구해야 한다는 뜻이다.

그리고 그때마다 소주언의 피를 말리게 될 테고 말이다.

'강제이행금을 청구하는 경우는 드무니까.'

설사 청구한다고 해도 그걸 인정하는 경우는 더더욱 드물다.

'뭐, 그렇게 나온다면 말이지.'

노형진이라고 예상을 못 한 건 아니다.

그리고 이미 예상해 놓은 방어조차 깨지 못한다면 변호사라는 이름을 버려야 할 것이다.

"재판장님, 피고 측이 어떤 소리를 했는지 명백하게 들은 사람들이 있습니다. 그들을 증인으로 요청하는 바입니다."

"인정합니다."

재판장은 고개를 끄덕거렸다.

미리 요청한 청구였기 때문에 안 된다고 할 필요는 없었다.

아니, 사실 답은 정해져 있기 때문에 부정할 필요가 없기도 했다.

강제이행금은 인정하지 않는 걸로 말이다.

그러나 그 증인이 바깥에서 들어오기 시작하자. 판사뿐만 아니라 피고 측 변호사와 염가형 역시 당황해서 어쩔 줄 몰라 했다.

"원고 측, 증인이 다른데요?"

"무슨 말씀이십니까?"

“분명히 원고 측이 청구한 증인은 박정아라는 여성인데, 저분은 박보연 씨 아닙니까?”

“네, 박보연 맞습니다.”

증인석으로 올라와 있는 사람을 보면서 당혹감을 감추지 못하는 사람들.

그럴 수밖에 없다. 다른 사람도 아닌 연예인이니까.

“박보연의 본명은 박정아입니다. 박정아라는 이름의 연예인들이 많아서 박보연이라는 예명으로 활동하고 있습니다.”

“으음…….”

바로 고연미의 동료였던 박보연이었다.

그 당시 그곳에서 술을 마시다가 소리를 듣고 나와서 상황을 봤으니 노형진이 거짓말을 한 건 아니었다.

‘그래, 이건 어떻게 못 하겠지.’

이미 답을 정해 놨다고 하지만, 그건 어디까지나 사회적으로 이슈가 되지 않았을 때의 문제다.

‘박보연 씨가 나올 줄은 몰랐을 테고.’

증인 신청을 할 때에는 주민등록번호와 주소가 들어가지 사진은 안 들어간다.

당연히 판사가 연예인 박보연의 신분을 알 리는 없을 테니. 노형진이 내세운 증인이 연예인이라는 것도 몰랐을 것이다.

“으음…….”

피고 측 변호사는 박보연 이후에 들어오는 사람들을 보면서 자신도 모르게 신음을 냈다.

그럴 수밖에 없는 게, 그 뒤에 나오는 사람들은 같은 걸 그룹 멤버들이었으니까.

즉, 그 당시에 현장에 있던 멤버들을 다 불러들였던 것.

그 정도 되는 걸 그룹이 증언을 한다고 하면…….

"뭡니까, 이거?"

줄줄이 들어오는 기자들.

그들은 하나같이 녹음기와 카메라를 들고 있었다.

'내가 멍하니 당할 줄 알았나?'

아무리 돈을 쓴다고 해도 결국은 건물주 수준이다.

거기에다 그다지 큰 사건도 아니기 때문에 재판을 비공개 결정하지도 않았다.

즉, 여기서 기자들이 촬영해도 아무런 문제가 없다는 뜻이다.

'지금까지 걸 그룹이 단체로 증언한 기록은 없지?'

당연히 기자들 입장에서는 관심을 보일 수밖에 없는 일이었을 것이다.

"재판장님, 왜 그러십니까? 표정이 안 좋습니다만."

"아닙니다. 그런데 멤버들 모두 증언할 생각이신가요?"

"그럴 생각입니다. 모두 현장을 본 증인들이니까요."

판사는 곤혹스러운 표정으로 피고 측 변호사를 바라보았다.

만일 이 상황에서 자신이 사건을 편들어 주면 다음 날 아침에 메인으로 뜨게 생겼으니까.

"증언 시작해도 될까요?"

"네…… 원고 측부터 증인신문 시작하세요."

판사는 똥 씹은 얼굴로 인정할 수밖에 없었다.

"이기기는 했네요."

"도움에 감사드립니다. 덕분에 쉽게 이겼습니다."

"그나저나 저도 친구를 이용할 줄은 생각도 못 했어요."

고연미도 노형진과 비슷한 생각은 했다.

저쪽에서 강제이행금을 부과하지 않을 거라는.

"하지만 연예인이 끼고 사건이 세상으로 나가면, 상황이 달라지지요."

판사는 극심한 부담을 느꼈는지, 재판 내내 연예인들과 기자들만 바라보았다.

결국 그는 자신이 구설수에 오르는 것에 부담을 느껴서 그런 건지 강제이행금을 부과했다.

물론 나름 염가형을 편들어 준다고 강제이행금을 200만 원에서 100만 원으로 깎아 주긴 했지만.

"그나저나 연예인까지 끼는 바람에 사건이 커졌으니 염가형이 더 이상 안 오면 좋겠는데."

고연미는 한숨을 푹 쉬면서 말했다.

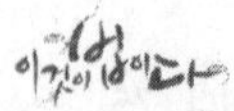

돈도 돈이지만 결국은 사람이 우선이다.

그가 찾아올 때마다 소주언은 돈을 받겠지만, 결코 그 돈이 좋아서 받는 게 아니다.

스트레스가 덜하다는 거지 안 받는 건 아니니까.

"그럴지도 모르지요. 아무리 그래도 기자들이 끼어들었으니 천하의 염가형이라고 해도 부담은 느낄 겁니다."

노형진은 그렇게 생각했다.

그래서 일이 이걸로 끝났으면 하고 생각했다.

그러나…….

"그건 물 건너간 것 같은데?"

"뭐?"

손채림이 들어서며 한숨을 푹 쉬더니 말했다.

"또 왔대."

"또 왔다고?"

"그래."

"끄응, 하루 100만 원은 돈도 아니다 이거군."

하긴, 한 달에 받는 돈만 4억이라면 100만 원쯤은 돈으로 보이지도 않을 것이다.

"그 아버지라는 인간은 그걸 가만두나?"

손채림은 이해가 안 간다는 듯 물었다.

자신이 그런 인간의 부모라면 다리몽둥이를 분질러 버릴 것 같은데, 그쪽 부모는 전혀 신경을 쓰지 않았기 때문이다.

"그런 인간들은 자기 잘못보다 자기가 분한 게 억울한 거지."

자기들이 보기에는 별거 아닌 사건인데 그 사건으로 자기 아들이 전과를 달았으니 복수하고 싶은 것이다.

그래서 이런 짓을 해도 내버려 두는 거고.

"그러면 어쩌죠?"

고연미는 걱정스럽게 말했다.

당장 돈이 들어와서 그 돈으로 치료비를 댈 수 있다고 하지만, 그것도 어느 정도다. 소주언의 스트레스가 심해지면 진짜로 자살하거나 염가형을 죽이려고 덤빌지도 모른다.

"그러면…… 다른 방법을 써야지요."

"다른 방법?"

"네. 설마 제가 친구분들만 믿고 있겠습니까? 사실 그날 친구분들이 거기에 있었던 것은 우연 아닙니까?"

"그건 그렇지요."

다른 사람들은 그런 방법을 쓸 수가 없으니, 마냥 그런 우연만 믿고 있을 수는 없는 노릇이다.

"그러니 다른 방법을 찾아야지요."

"어떤 식으로요?"

"혹시 먹는 거 좋아하십니까?"

"네?"

"먹는 거?"

두 사람은 고개를 갸웃할 수밖에 없었다.

반성이 없으면 당연히 용서도 없지

염가형은 찾아올 때마다 강제이행금이 부과되었음에도 불구하고 시도 때도 없이 찾아왔다.

한 번에 100만 원.

그게 결코 작은 돈은 아니다.

"전처럼 자주는 안 와. 하지만 대신에 오면 오래 있지."

손채림은 한숨을 푹 쉬며 말했다.

"저쪽 목적은 확실한 것 같네."

어떻게 해서든 이쪽을 괴롭히는 것.

그래서 '자살하면 좋고 아니면 말고.'라는 식이다.

최소한 자기 스트레스는 풀 수 있으니까.

"그런데 오늘 올까요?"

고연미는 걱정스럽게 물었다.

기껏 이쪽에서 준비해 놨는데 오늘 안 오면 곤란하니까.

"아마 올 겁니다. 지난 이틀간 안 왔으니까요."

노형진은 확신했다.

사실 확신할 수밖에 없었다.

슬쩍 염가형의 기억을 읽었으니까.

그래서 오늘 와서 깽판을 치려는 것을 알고 있었다.

"그런데 도대체 무슨 짓을 하려고 비밀로 하는 거야?"

"그러고 보니 오늘 여기서 뭘 한다고는 하셨지만 그게 뭔지는 말 안 해 주셨네요."

손채림도 고연미도, 고개를 갸웃했다.

오늘을 기점으로 상황이 바뀔 거라 이야기해 주기는 했지만 정작 뭘 할지는 이야기해 주지 않았으니까.

"이제 슬슬 올 때가 되었는데."

노형진은 힐끔 시계를 바라보았다.

"누가 오는데?"

"먹는 거 무척이나 좋아하는 사람."

"도대체 이번 사건에 먹는 게 끼어들 여지가 뭐가 있는지 이해가 안 가는데."

"저도 이해가 안 가네요. 물론 노 변호사님이 기상천외한 방법으로 해결하기는 하지만……."

그 순간 문이 열리면서 한 여자가 들어오는 것이 보였다.

그러자 노형진이 손을 번쩍 들었다.

"여기입니다! 시간 맞춰 오셨군요!"

"호호호, 방송도 약속인데 준비는 해야지요."

"방송?"

"여기서 방송을 한다고요? 그게 가능할 리 없잖아요? 방송국에서도 이런 걸 내보낼 리 없는데?"

방송이라는 말에 두 사람은 이해가 가지 않는다는 듯 어리둥절한 표정을 지었다.

그런데 종업원 중 한 명이 지금 막 들어온 여자를 알아보고 깜짝 놀라서 소리를 질렀다.

"헉! 페리다!"

"페리?"

"누구지?"

가명을 봐서는 방송 쪽에 있는 사람인 것 같기는 했다.

생긴 것도 상당한 글래머에 모델처럼 늘씬해서, 방송 쪽에 있는 사람인 것 같기는 한데…….

"전 전혀 모르겠는데요."

고연미는 고개를 갸웃했다.

아무리 떠났다고 해도, 그래도 아이돌 출신이다.

그런데 페리라는 연예인은 본 적이 없다.

그리고 그녀가 보기에 이 페리라는 연예인은 확실히 예쁘기는 하지만 연예인 느낌이 드는 부류는 아니었다.

차라리 모델에 가까운 타입이었으니까.

“소개하지. 이쪽은 페리. 먹방을 하는 사람이야.”

“먹방?”

“아, 들은 적이 있어요. 인터넷에서 먹는 걸 보여 주는 방송 말이죠?”

“네, 맞아요.”

“안녕하세요? 페리예요, 호호호.”

웃으며 인사하는 그녀를 보는 두 사람의 눈에는 불신이 가득했다.

그럴 수밖에 없는 게, 먹방이라고 하면 엄청나게 먹어야 하는데 아무리 봐도 그녀는 모델 타입이지 많이 먹는 타입이 아니었던 것이다.

“모델 같으신데요? 옷 입는 것도 그렇고 걷는 법도 그렇고.”

“원래 직업이 모델입니다.”

“진짜요? 아, 미안해요.”

자신도 모르게 위아래로 살피던 손채림은 자신의 행동이 실례라는 걸 깨닫고 재빠르게 사과했다.

하지만 페리는 익숙한 일인 듯 그저 웃었다.

“괜찮아요. 흔하게 있는 일이거든요.”

“흔하다고요?”

“네. 애초에 제가 먹방을 하게 된 이유가 식비를 감당하지 못해서예요, 호호호.”

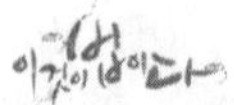

"보통 모델이라고 하면 막 굶고 빈혈로 쓰러질 것같이 극단적으로 식단 조절하고 그러지 않나요?"

"저는 안 그래요."

그녀는 이상할 정도로, 날 때부터 기초대사량이 어마어마했다.

사람마다 체질이 달라서 밥 반 공기만 먹어도 살이 쭉쭉 찌는 사람이 있는가 하면, 반대로 살 찌고 싶다고 미친 듯이 라면 먹고 케이크 먹고 고칼로리 음식으로 야식을 먹어도 안 찌는 사람들이 있다.

"제가 극단적인 후자예요."

"와! 완전 부러운 체질!"

"그다지 부러운 체질은 아니랍니다."

기초대사량은 극단적으로 높은데 에너지 흡수량은 또 낮은 타입인지라, 다른 모델들처럼 먹으면 하루도 못 가서 쓰러져서 어마어마하게 먹어 대기 때문이다.

"그런데 아직은 유명한 모델이 아니거든요."

그리고 유명한 모델이 아니면 받는 돈도 얼마 되지 않는다.

그래서 식비를 감당하지 못했다.

"그런데 요즘 먹방이 뜨기에 그걸 한번 해 봤죠."

"그런데 아무리 그래도……."

먹방을 한다고 하지만 결국 모델.

먹방의 기본 조건은 예쁜 게 아니라 많이 먹는 것에서부터 시작된다.
아무리 모델치고는 많이 먹는다고 해도, 먹방을 하기에는 부족해 보이기는 했다.
"일단 찾아보고 말을 해."
노형진은 불신하는 두 사람에게 그냥 방송을 직접 보라고 권해 주었다.
두 사람은 핸드폰을 꺼내서 페리라는 이름의 먹방을 찾아 봤다.
그리고 자신도 모르게 헛기침을 했다.
"쿨럭."
"크흠……."
그럴 수밖에 없는 게, 가장 앞에 있는 먹방 이름이 상상을 초월했으니까.
"삼겹살 30인분 도전?"
삼겹살 30인분을 시작으로 치킨 여덟 마리, 초밥 백쉰 개, 찜닭 10인분까지.
인간이 한 끼에 먹을 수 있는 양이 아니었다.
"저기, 이걸 한 끼에 다 드세요?"
"네, 간단하게요."
"간단하게……."
두 사람은 질렸다는 표정이 되었다.
"그렇다 보니 지금은 모델보다 먹는 걸로 더 벌어요, 호호호."

식비라도 벌어 보겠다고 시작한 방송이지만, 지금은 모델보다는 프로 먹방러로 유명한 그녀였다.

"그녀가 방송을 하면 보통 관람하러 20만 명이 넘게 들어와."

"20만 명……."

어마어마한 숫자에 깜짝 놀라던 손채림은 노형진이 뭘 노리는지 알아차렸다.

"여기서 방송할 생각이구나!"

"정답. 오늘의 메뉴는 안주야."

물론 술을 먹을 수는 없다.

하지만 협찬을 얻어서 안주를 무제한으로 먹는 것.

그게 오늘의 방송 콘셉트였다.

"그리고 자리는 저 자리야."

노형진이 가리킨 자리는 카운터가 보이는 테이블.

그 자리에서 촬영하게 되면 카운터에서 어떤 일이 벌어지든 바로 송출될 것이다.

"염가형이 난리가 나겠군요."

언론에 염가형의 이름이나 얼굴이 나간 적은 없었다.

아는 사람은 알겠지만, 대부분의 국민들은 그 사건이 어떤 것인지도 모른다.

관심도 별로 없을 테고.

"그러니까 염가형이 그 난리를 피우는 겁니다."

소문이야 났지만, 사실 이름이나 얼굴은 알려지지 않았으니까.

“연예인이 증인으로 출석한 사건일 뿐이지 사건 자체가 메인은 아니라는 거군요.”

“네, 그러니까 그 사건을 메인으로 만들어 줘야지요. 사람들이 염가형과 그 일당을 알아볼 수 있도록 특정해 주는 겁니다. 안 그래도 뉴스에 나간 사건입니다. 사건 자체도 무척이나 황당하고요. 특정만 된다면, 아마 사람들이 벌 떼처럼 들고일어날 겁니다.”

“역시 대단하시네요.”

20만 명이 보는 방송에서 지금까지 하던 짓거리를 한다면, 아마 순식간에 인터넷에 퍼질 게 뻔했다.

“하지만 그건 명예훼손 아니야? 아니, 애초에 그러면 카메라를 달아서 녹화해 버리면 되는 거 아냐?”

“그건 아니야. 카메라를 달아서 녹화하게 되면 증거로는 쓸 수 있지만 인터넷에는 못 뿌려.”

그건 명백하게 명예훼손이니까.

저쪽은 자신들은 작은 범죄를 저지르면서 이쪽의 속을 긁는 것을 노리고 있다.

만일 그걸 뿌리게 되면 그들의 속셈에 말려들어 가는 셈이다.

“거기에다 대부분의 CCTV는 녹음 기능이 없어. 그들이 제출한 증거처럼 목소리는 없지. 거기에다 따로 녹음 기능을 달면, 함정을 판 거라는 헛소리를 할 수도 있어.”

"끄응."

"하지만 방송이라면 이야기가 달라지지."

인터넷으로 하는 '생방송'.

거기에다 페리 같은 전문 방송인은 고감도 마이크를 쓴다.

당연하게도 그놈이 무슨 헛소리를 하든 무조건 방송에 나가게 된다는 소리다.

"거기에다 이건 명예훼손도 성립하지 않아."

녹화를 해서 뿌린 게 아니라, 이쪽에서 먼저 방송을 하고 있는데 저쪽에서 와서 헛소리를 지껄인 것이니까.

"치밀하시네요."

저쪽에서는 이쪽에 어떤 태클도 걸 수 없지만, 염가형의 행동과 얼굴은 인터넷에 쫘악 뿌려지게 될 것이다.

"하지만 그런다고 해서 염가형이 그만둘까?"

"당분간은 자중하겠지."

"딱 거기까지일 것 같은데?"

한 달에 4억씩 돈이 들어오는 집안이다.

그런 만큼, 방송에 얼굴이 팔린다고 해도 쪽팔린 정도이지 영업에 크게 타격이 올 정도는 아니다.

"내가 노리는 건 그쪽이 아니야."

"네? 염가형을 노리는 건 아니라고요?"

"네, 그게 누구냐면……."

"저기, 이제 슬슬 준비를 해야 하는데요."

말을 하려고 하는 찰나에 페리가 끼어들어서 눈치를 살폈다.

그가 언제 올지 알 수는 없지만 방송 시간이 코앞으로 닥쳐왔기 때문이다.

명예훼손이 성립되지 않기 위해서는 염가형이 오기 전에 먼저 방송을 시작해야 한다.

"아, 죄송합니다. 그러면 바로 준비하죠."

다행히 방송용 카메라는 그다지 큰 게 아니라서 잘 꾸미면 보이지 않았다.

마이크도 마찬가지고.

몇 가지 테스트 후에 드디어 시작된 방송.

"안녕하세요. 페리예요."

그녀가 방송을 시작하자 어마어마한 속도로 사람들이 몰려들기 시작했다.

"이런 말 하면 그렇지만 저 사람…… 인간 맞아요?"

안주라는 것은 푸짐해 보이지만 정작 푸짐하지는 않다.

애초에 끼니가 아니라, 말 그대로 술과 함께 먹는 음식이니까.

하지만 그 안주가 정말 눈 깜짝할 사이에 사라져 갔다.

–헐, 지금 돈가스 1분 안에 흡입한 거 맞아? 저게 들어가?

–개쩔어.

–사장님 협찬 한번 했다가 파산 각.

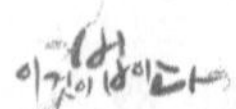

–지금 몇 개째지?

–안주 한 코스 넘어감. 1번부터 다시.

"네, 네. 드라이버 님, 코인 1천 개 감사합니다."

어마어마한 속도로 페리의 입속으로 들어가는 안주들.

안주라고 해 봐야 메뉴가 한정되어 있기 때문에 결국 하나씩 다 먹어 보고는 처음부터 다시 먹는 상황.

"허허허, 골뱅이무침 나왔습니다."

–와, 인간적으로 골뱅이는 먹지 마세요. 소주 당겨.

–골뱅이가 얼마나 비싼데. 와, 골뱅이 푸짐한 거 봐.

–사장님! 그러다 망해요! 언능 쫓아내셈!

소주언은 신나게 먹는 페리를 보면서 자신도 모르게 웃을 수밖에 없었다.

노형진에게 미리 듣기는 했지만 설마 이 정도일 줄은 몰랐기 때문이다.

"전 괜찮습니다. 많이 드세요."

–와, 사장님 완전 혜자.

–저기 어디냐? 나 당장 간다.

작은 노트북에 띄워 놓은 채팅 창에서 채팅이 계속 올라오는 그때, 문이 '딸랑' 소리를 내면서 열리더니 염가형이 스윽 들어오는 것이 보였다.

"왔다."

"와, 뻔뻔한 새끼. 또 오네?"

자기 무리를 이끌고 어슬렁거리면서 들어오는 염가형.

노형진은 페리에게 신호를 보냈고, 페리는 슬쩍 말의 숫자를 줄이면서 눈치를 살폈다.

아니나 다를까, 염가형은 빈정거리면서 소주언의 속을 긁기 시작했다.

"아저씨, 그러니까 아저씨 딸 좀 소개시켜 달라니까."

"꺼져!"

"아, 아랫도리가 뻐근해서 그래. 아저씨 딸처럼 맛있는 년이 없다니까."

"이 새끼가 정말! 안 꺼져! 경찰 부를까?"

"뭘 경찰을 불러?"

그는 주머니에서 만 원짜리 지폐 다발을 꺼내서 허공에 확 뿌렸다.

"돈 달라며? 그래서 돈 주잖아? 그러면 된 거 아니야?"

"꺼지라고!"

"어허, 여기 장사 염병 나게 못하네. 돈 주면 손님이야. 손님이 왕이라는 말 몰라? 내가 돈 주니까 내가 손님 아니야!

그러니까 그 창녀 년 데리고 오라고!”

온갖 패악질을 다 하는 염가형.

눈치를 보던 페리는 슬쩍 자리에서 일어났다.

어느 순간 채팅 창도 조용한 것이, 마이크를 통해 뒤에서 들리는 말이 제대로 송출되는 중인 것이 분명했다.

“전 잠시 화장실 좀 다녀올게요.”

그녀는 슬쩍 눈치를 보면서 자리에서 빠져나갔다.

그러자 당연하게도 그때까지 어깨 너머로 보이던 장면이 그대로 카메라에 드러났고, 아무런 방해도 없이 대화가 방송으로 나가기 시작했다.

“더러운 창녀 년 하나 건져서 돈 좀 만지니까 뵈는 게 없나 본데, 내가 뭐라고 했어? 그냥 돈 냈으니까 내가 맛 좀 보자는 거잖아. 처녀도 아닌데 몸뚱이 굴려서 돈 벌었으면, 돈 맛 충분히 봤잖아? 내가 돈 준다고. 그러니까 맛 좀 보여 달라니까.”

빈정거리면서 말하는 염가형.

하지만 딱 거기까지만이었다.

모욕은 되지만, 큰 죄가 될 수 있는 폭행은 절대 하지 않았다.

그렇게 막 모욕하던 중, 함께 온 남자 한 명이 안쪽으로 시선을 돌렸다.

그러다가 노트북 화면에서 자신의 모습이 나오는 것을 보고 움찔했다.

"잠깐만."

"뭐야, 씨발!"

남자가 말리자 염가형이 발끈했지만, 남자는 왠지 모를 불안감에 노트북 쪽으로 다가왔다.

그도 인터넷 방송을 보는 사람이었던 것이다.

차라리 모니터에 자신들의 모습만 나온 거라면 문제가 안 되지만, 그 옆에서 무서운 속도로 쭉쭉 올라가는 채팅 창을 보자 그는 왠지 모를 두려움에 떨었다.

"이런 씨발……."

그는 다가와서 채팅 창을 보고는 얼굴이 완전히 일그러졌다.

접속 인원 23만 명.

그 숫자는 지금도 쭉쭉 늘어나고 있었다.

어마어마한 숫자가 자신들의 행동을 그대로 보고 있었던 것이다.

"뭐야, 인마!"

"야! 튀어!"

"뭐? 왜?"

"우리 모습이 지금 인터넷에서 생중계되고 있어!"

"뭐?"

"니미 씨발! 이게 뭔 소리야?"

그들은 다급하게 노트북으로 다가왔다.

당연하게도 그 덕분에 얼굴이 확실하게 드러날 수밖에 없

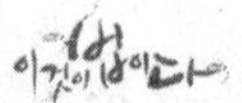

었다.

"야, 이거 부숴!"

당황한 염가형은 당장 방송용 노트북과 카메라를 부수라고 난리를 쳤지만, 그걸 막 부수기 전에 노형진이 끼어들었다.

"이건 개인 집기입니다."

"너 뭐야? 어, 잠깐! 너……?"

염가형은 노형진을 알아보고는 깜짝 놀랐다.

자신에게 엿을 먹인 그 변호사가 아닌가?

"너냐? 어? 네가 이런 짓거리 한 거야?"

"제가 뭘요? 저는 아무런 짓도 안 했습니다만."

"이런 쌰앙!"

염가형은 화가 나서 주먹을 휘둘렀다.

사실 곱게만 자란 그의 주먹은 느려 터져서, 자신을 지키기 위해 몸을 단련한 노형진이 못 피할 리 없었다.

하지만 노형진은 그걸 막지 않았다.

"억!"

오히려 주먹에 맞는 순간 반대쪽으로 몸을 날렸다.

도리어 때린 염가형이 당황해서 움찔할 정도였다.

"헐?"

하지만 염가형은 이내 정신을 차리고 몸을 돌렸다.

"부숴!"

"어?"

"부수라고!"

"어어어……."

같이 온 자들은 바로 노트북과 카메라에 달려들어서 그걸 부수기 시작했다.

"당신들! 뭐 하는 거야!"

나중에 나타난 페리가 소리를 지르며 말렸지만 그들의 흉흉한 분위기는 가시지 않았다.

"너 뭐야! 누구 허락받고 이런 걸 찍는 거야!"

염가형이 소리를 지르면서 페리에게 다가갔다.

페리는 겁을 집어먹고 뒤로 주춤주춤 물러났다.

하지만 다행히 별일은 생기지 않았다.

아니, 생길 수가 없었다.

"그만하시죠."

문이 열리면서 들어온 사람들.

그들은 다름 아닌 경찰이었다.

"경찰?"

"당신을 폭행 및 재물 손괴의 현행범으로 체포하는 바입니다."

"뭐?"

"인터넷으로 그렇게 대놓고 물건 부수고 사람을 패는데 신고가 들어오지 않을 거라 생각했습니까?"

경찰은 기가 차다는 듯 말했다.

지금까지 염가형 때문에 몇 번이나 이곳에 출동했다.

당연히 그가 무슨 짓을 하는지 알고 있었지만, 법적으로 할 수 있는 게 없어서 그저 참을 뿐이었다.

하지만 폭행과 재물 손괴는 전혀 다른 문제다.

"따라오시겠습니까, 아니면 수갑 채울까요?"

염가형의 얼굴이 사정없이 일그러졌다.

⚖

"아주 제대로 얼굴이 팔렸어."

"그렇겠지."

수십만이 보는 와중에 폭행하고 그런 헛소리를 지껄였으니, 인터넷에는 무서울 정도로 해당 동영상이 돌기 시작했다.

염가형은 사력을 다해서 막으려고 했지만, 노형진이 해당 영상에 슬쩍 사건의 진실을 첨부해서 뿌리자 통제 가능한 수준이 아니게 되었다.

노형진이 강간범이 반성은커녕 오히려 피해자들을 협박하고 있다고 그 영상에 썼기 때문이다.

"그 이후에는 안 오지?"

"안 오던데. 당황한 모양이야."

"당황하겠지."

아무리 안하무인이라고 해도, 인터넷에 얼굴이 팔리면 당황하지 않을 수가 없다.

물론 그렇다고 해서 그가 갑자기 반성하고 새사람이 된다거나, 그에게 딱히 눈에 보이는 큰 피해가 생기지는 않을 것이다.

건물주라는 특성상 불매운동의 대상으로 삼기에는 한계가 있기 때문이다.

불매운동을 해 봐야, 그 피해는 그 건물에 들어가 있는 상인들이 입지 건물주가 입을 일은 없으니까.

"다시는 안 그럴까?"

"그건 아닐걸. 지금은 당황해서 움찔하는 거지, 그런 놈이 반성할 리 없잖아."

만일 반성했다면, 당장이라도 찾아와서 사죄를 했어야 했다.

하지만 사죄는커녕 전화해서 지랄지랄하면서 욕을 해 왔다.

"전화를 해도 100만 원을 내야 한다는 걸 모르는 걸까요?"

"모를 리 없죠. 법원의 판결문에 적혀 있는데요. 무시하겠다 이겁니다. 그나마 다행인 건, 전화는 끊으면 그만이라는 거죠."

물론 그 기록을 모아 놨다가 나중에 한꺼번에 배상을 청구해야 하지만 말이다.

"일단 당장은 해결된 것 같네요. 하지만 그놈 성향을 보면 좀 잠잠해지면 다시 똑같은 짓을 할 것 같은데, 그때는 지금만큼 효과가 없을 거예요."

이미 알려질 만큼 알려진 상황이니 그도 딱히 눈치 보지 않을 테고 말이다.

"지금 참고 있는 것도, 그 녀석이 반성해서라기보다는 일 키우지 말고 당분간 근신하라는 아버지의 말 때문이라고 하니까요."

손채림은 입을 삐쭉 내밀었다.

"그러면 어쩌지? 일단 접근은 못 하게 막아 놓기는 했지만, 인터넷에서 잠잠해지면 또 똑같은 짓을 할 거 아냐?"

"그렇겠지."

"그러면 해결된 게 아니잖아."

"해결은 내가 아니라 그 주변에서 할 거야."

"그 주변?"

"그래. 염가형은 부자야. 집안에 돈이 있으니 이런 문제가 생겨도 해결할 수가 있지. 하지만 그를 따라다니는 인간들은 어떨까?"

"응?"

"생각해 봐. 그런 인성의 인간들에게 과연 친구가 있을까?"

"그건…… 그러네. 왜 그런 생각을 못 했지?"

"저도 그 뒤에 있던 사람들은 생각 못 했네요. 그러고 보니 그런 성격의 사람에게 친구가 그렇게 많을 리 없는데."

그를 따라다니면서 뒤에서 병풍이 되어 주고, 소리만 빼고 영상을 찍어 주는 인간들.

조금만 생각해도 그들이 친구가 아니라는 것쯤은 알 수 있다.

친구라면 그런 짓거리를 하는 놈을 가만둘 리 없으니까.

물론 끼리끼리 뭉친다고 하지만, 그런 미친 짓에 매번 따라다니는 친구는 없을 것이다.

"그래서 염가형이 아닌 다른 사람을 노린다고 한 거구나."

염가형은 어차피 손해 볼 게 없다.

폭행으로 고소하기는 했지만, 이미 염가형은 2천만 원짜리 변호사를 불러서 방어를 시작했다.

"많이 때린 것도 아니고 주먹질 한 번 한 것뿐이니 또 벌금으로 끝나겠지."

"아주 그냥 벌금, 벌금. 돈이 넘치니까 뭐든 하는 거구나."

"유전무죄 무전유죄라는 게 괜히 생긴 말이 아니잖아."

돈이 있으니 전관을 살 수 있고, 벌금으로 끝낼 수 있고, 또 패악질을 할 수 있다.

"하지만 같이 다니는 놈들은 아니지."

그들에게까지 변호사를 선임해 줄 염가형이 아니다.

"그들을 고소할 거야."

"그런다고 염가형이 안 할까?"

"안 하는 게 아니라 못 하겠지. 단순히 패악질을 하기 위해 데리고 다니는 걸까?"

"아, 그렇구나."

염가형이 패악질을 하다 보면 분명히 소주언이 발끈할 것이다.

염가형은 부자로 살아와서 싸움이라는 것을 할 줄 모른다.

지난번에 노형진을 때릴 때도 확실히 어설펐다.

사실 노형진이 일부러 맞아 주지 않았다면 피하는 것도 어렵지 않았으리라.

"경호원이라는 거지."

하지만 하는 짓거리가 있으니 진짜 경호원 업체는 쓰지 못할 테고, 그래서 고용한 것이 같이 다니는 그 패거리였을 가능성이 높다.

"그들의 얼굴이 인터넷에 드러났으니 주변에서 뭐라고 할까?"

"아마도 일하지 못하게 하겠지."

정상적인 사람이라면 그런 일을 하게 가만두지는 않을 것이다.

당장 그런 짓거리를 한다는 것 자체가 인성이 바닥이라는 뜻인데, 그런 인간들을 고용할 회사는 없다.

"결국 그들이 떠나게 될 거야, 후후후."

⚖

"이런 젠장!"

종용서는 자신의 상황이 이해가 가지 않았다.

인터넷에서 그의 얼굴이 팔리고, 그의 주변에 그 사진이 무차별적으로 뿌려지기 시작했다.

캡처 한 사진일 뿐이지만 그게 주변에 돌면서 자신의 인생을 박살 내고 있었다.

그는 어젯밤에 있었던 일을 생각하며 부들부들 떨었다.

"너 오늘 호적에서 파 버린다!"

"아니…… 아버지, 그게……."

"이놈의 시키! 돈 들여서 공부시켰더니 고작 한다는 짓거리가 강간범이랑 몰려다니면서 여자를 말려 죽이는 거였어? 집안에서 지금 뭐라는지 알아!"

"아니, 그게…… 그건 단순히 알바로……."

"알바고 자시고! 네놈이 사람이냐! 어! 아이고, 내가 호래자식을 키웠어! 호래자식을 키웠다고!"

아버지뿐만 아니라 온 가족들에게 소문이 났다.

친인척들까지 이거 종용서 아니냐고 전화가 왔고, 주변 사람들은 그를 무슨 버러지 보듯 했다.

얼마 전에는 여자 친구조차 자신도 강간할 거냐며 비웃으면서 떠나 버렸다.

"내가 무슨 짓을 한 거야……."

종용서는 머리를 부여잡았다.

그의 인생은 철저하게 고립되었다.

다니던 학교나 도서관, 아르바이트하던 가게까지, 무차별적으로 캡처 된 사진이 뿌려졌다.

"잡았어?"

"잡기는 개뿔. 누군지 모르지만 오토바이 몰고 온 동네에 무차별적으로 뿌리더라."

"나 오늘 어디서 자냐?"

"너도 쫓겨났냐?"

"너도?"

"아오……."

"재워 줄 사람 없냐?"

"미친. 우리랑 연락하는 애가 있겠냐?"

친구들 사이에서도 그들은 이제 완전히 버려진 존재였다.

사람 취급도 해 주지 않는 것이 현실.

단순히 돈 쉽게 벌겠다고 저지른 일일 뿐인데 인생 자체가 망가지고 있었다.

"씨발…… 이럴 줄 알았으면 안 하는 건데."

"누가 이럴 줄 알았느냐고."

누군지 모르지만 집요하게 그들을 괴롭히고 있었다.

안 그래도 뉴스에 나간 사건이라 영 찝찝한데, 대놓고 얼굴이 뿌려지는 바람에 변명도 안 통한다.

"실례합니다."

그들이 한숨을 푹 쉬는 그때, 한 남자가 그들에게 다가왔다.

"무슨 일이신데요?"

"나 여기 사장인데, 좀 나가 주셨으면 해서요."

"네?"

그제야 그들은 주변에서 자신들에게 날아오는 따가운 시선을 느낄 수 있었다.

커피숍에 있던 사람들이 모두 이쪽을 노려보고 있었던 것.

"아니, 우리가 뭘 했다고……."

"나도 인간적으로 강간범을 내 가게에 들이고 싶지 않거든요."

정중한 말이지만 뼈가 있는 말이었다.

'젠장.'

안 그래도 연예인이 증인으로 나와서 일이 커졌는데 그게 인터넷에 돌면서 일이 더 커져 버렸다.

뉴스에 나갈 때만 해도 자신들의 존재가 드러나지 않았기 때문에 겁날 게 없었다.

뉴스에는 A 모 씨 같은 식으로 나갔으니까.

하지만 이제는 아니다.

얼굴이 다 팔렸고, 누군가 악의적으로 그들의 사진을 인쇄해서 오프라인상에도 뿌리고 있었다.

"커피값은 환불해 드릴 테니 나가 주십시오."

주인은 단호했다.

아무리 돈이 좋다고 한들 커피숍의 주요 고객은 여자다.

강간범들이 들락날락하는 커피숍에 다닐 만큼 간이 큰 여자들은 많지 않다.

"저희는 강간한 적이 없다니까요!"

그들은 억울한 듯 항변했지만 주인은 코웃음을 쳤다.

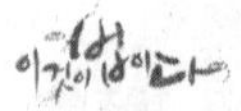

"그러면 영상에 그건 뭔데?"

"큭."

자신들이 거기 가서 패악질을 하는 영상.

그게 이미 인터넷에 파다하게 퍼졌다.

"난 커피를 파는 거지 양심을 파는 사람은 아니랍니다. 그러니까 좋은 말 할 때 꺼져 주시겠어요?"

"큭."

그들은 부들부들 떨다가 자리에서 일어났다.

"입구는 저쪽입니다."

정중하게 웃는 사장의 얼굴을 노려보던 그들은, 결국 어쩔 수 없이 고개를 푹 숙이고 그곳에서 나왔다.

하지만 그들의 고난은 그게 끝이 아니었다.

"싯팔."

다른 가게로 가려고 하던 그들은 입구에 붙어 있는 쪽지를 보고 눈을 찌푸렸다.

강간범 출입 금지

당연한 말이지만, 이 쪽지에 쓰여 있는 강간범은 자신들이다. 이쪽 동네가 자신들이 사는 동네라는 것은 다 소문이 났으니까.

"아, 씨발. 어쩌지?"

"이거 인생 막장 되는 거 아냐?"

인터넷에 박제되었으니 그들로서는 어디를 가든 취업은 글러 먹은 셈이니까.

"어쩔 거야, 이거."

"아, 씨발! 나보고 어쩌라고!"

"네가 하자고 했잖아!"

"염병! 좋다고 한 건 누군데? 그리고 툭 까고 말해서, 지랄한 건 내가 아니잖아."

"씨발, 너는 뭐 지랄 안 했냐!"

결국 세 사람은 화가 나서 한참을 싸웠지만, 그런다고 해결책이 나올 리 없었다.

결국 그들도 지쳐서 입을 다물 수밖에 없었다.

"일단…… 가서 술이나 한잔 빨자. 속 터져서 못 살겠다."

"우리 안 받아 주잖아."

"염병. 소주라도 사서 여관으로 가자고. 길바닥에서 이게 뭐야."

안 그래도 주변에서 노려보는 시선이 장난이 아니다.

자신들의 얼굴이 박혀 있는 전단지가 뿌려진 지 벌써 며칠째니 사람들이 못 알아볼 리 없다.

경찰에 신고를 했지만, 오토바이를 타고 달리며 뿌린다는 것 말고는 누가 뿌리는지 알 수가 없었다.

"염병, 씨발."

그들은 어쩔 수 없이 편의점으로 가서 바구니에 소주와 안주 몇 개를 담았다.

그리고 계산을 하려고 하다가 얼굴을 사정없이 일그러트렸다.

"뭐라고요?"

"이거 카드 안 되는데요."

"그럴 리가. 분명히 아침만 해도 됐는데?"

"안 되는데요."

"어, 왜 그러지?"

"비켜 봐. 내 걸로 계산하자."

그들은 서둘러서 계산을 하려고 했다.

하지만 세 명 중 그 누구의 카드도 되지 않았다.

"어떻게 된 거야?"

"잔고 없나? 아닌데. 분명히 있는데."

패악질하는 알바가 마음이 불편했던 건 사실이다.

그럼에도 불구하고 그들이 그걸 한 건, 그만큼 염가형이 돈을 많이 주었기 때문이다.

그런데 그 돈이 들어 있는 계좌가 갑자기 묶여 버렸다.

그들은 다급하게 각 은행에 전화를 했다.

그리고 카드사의 설명에 얼굴이 창백해졌다.

–법원 명령으로 가압류되었습니다, 고객님.

가압류, 즉 계좌에서 돈이 빠져나가지 못하게 묶어 놨다는 것이다.

당연하게도 그건 노형진이 건 소송이었다.

특정되지 않았다면 모를까, 특정된 이상 소송하는 건 어렵지 않다.

염가형이야 가압류 같은 걸 해 봐야 돈이 넘쳐 나는 인간이니 의미가 없지만, 그를 지켜 주면서 따라다니던 세 사람은 아니었다.

"그러면……."

"카드가 아무것도 안 되는데요."

편의점 알바는 미안한 듯 말했고, 세 사람은 얼굴이 창백하게 변해 버렸다.

"지방으로 내려갔다고?"

노형진의 예상대로 세 사람은 자신들을 아는 사람이 적은 지방으로 내려갔다.

"그래. 아무래도 그들이 무슨 짓을 했는지 다 아는 곳에서는 생활이 불가능해졌으니까."

"그렇겠지."

노형진은 고개를 끄덕거렸다.

가족들조차도 그들을 사람으로 대하지 않는다.

물론 가족이라는 것, 핏줄이라는 것은 강하니 시간이 지나면 용서할지도 모르지만, 당장은 쉽게 용서가 안 될 것이다.

"따라가서 뿌려?"

"그냥 놔둬. 한 1년 정도 고생하고 오면 생각이 바뀌겠지."

집요하게 따라다니는 것은 어려운 일이 아니다.

가는 곳마다 전단지를 뿌려 댄다 해도 잡는 것은 요원한 일이고 말이다.

"우리가 그 녀석들을 잘라 내려고 한 거지 죽이려고 한 건 아니잖아."

"저 녀석들은 피해자를 죽이려고 했는데?"

"알아. 하지만 그렇다고 해서 우리까지 죽이려고 들 수는 없지. 애초에 저 녀석들은 잡범이잖아."

"그건 그렇지."

사실 그들의 행동을 보면 현행법상 처벌 자체는 그다지 강하지 않다.

피해자를 모욕하는 데 적극적으로 나선 것도 아니다.

그저 병풍 노릇을 하면서 염가형을 보호한 것뿐이다.

"염가형의 보호가 사라졌으니 그걸로 된 거야."

"문제는 염가형이네."

아니나 다를까, 그는 아버지와 변호사의 보호 아래에서 제대로 된 처벌도 받지 않았다.

노형진은 벌금 정도는 나올 거라 생각했지만 벌금은커녕

기소유예, 그러니까 기소조차도 하지 않고 풀어 줘 버렸다.

"지금 당장은 사회적으로 말이 많으니까 일단 입을 다물고 있기는 한데. 어떤 식으로 복수를 하지? 정작 우리 핵심 목표는 그놈이잖아."

"확실히 곤란하기는 하지."

임대업이라는 것이 기본적으로 현금 장사인지라, 현금을 어마어마하게 쥐고 있어서 다른 경제적 방식도 먹히지 않는다.

"거기에다 사회생활 자체를 안 하다 보니 그런 놈들에게 사회적으로 매장된다는 건 사실 거의 의미가 없지."

"그럼 어쩌지?"

"어쩌긴, 그 녀석이 가장 무서워하는 사람을 털어야지."

"그게 누군데?"

"아버지."

"아버지?"

"그래. 그 녀석을 지키는 것도 아버지고, 그 녀석에게 돈을 주는 것도 아버지야."

"하지만 건물주잖아. 건물을 팔 것도 아닌데 과연 타격을 입겠어?"

노형진은 씩 하고 웃었다.

"그래, 건물주지. 하지만 그 내면을 보면 이야기가 좀 달라져."

"내면을 보면 이야기가 달라진다?"

"건물주라는 표현은 정확하지 않아. 건물을 가진 회사의 대표라는 말이 더 정확하지."

"하지만 그래도 바뀌는 건 없잖아. 어차피 외부에서 자금이 들어가는 게 아니니까."

"바뀌는 게 없긴. 아주 많은 것이 바뀌지, 후후후."

손채림은 이해를 하지 못하고 그게 뭔 소리인지 몇 번이고 곱씹을 수밖에 없었다.

넌 축배를 너무 일찍 터트렸어

한국에는 수많은 건물이 있다.

그리고 그 수많은 건물들은 각각의 주인이 있다.

하지만 대부분의 건물들을 다 개인이 가질 수 있는 것은 아니다.

“매달 4억의 매출이 나올 정도의 건물이라면 개인이 가질 수 있는 수준이 아니기는 하죠.”

고연미는 노형진의 계획을 들으면서 탄복했다.

그녀는 이런 쪽으로는 전혀 예상하지 못했으니까.

“수준이 아닌 게 아니라 불가능합니다. 물론 재벌 총수쯤 된다면 모를까.”

“4억이 전부 그 인간 돈이 아니었어?”

"상당 금액이 그 인간 돈이기는 해. 하지만 전부 그 인간 돈은 아니지. 내가 건물에서 매달 나오는 돈이 대략 8억쯤 돼. 그 건물을 사는 데 얼마나 들었지?"

"그러네."

수백억 단위로 돈이 들어가서 매달 8억이다.

"그 인간이 가진 건물의 총가격은 대략 330억이니까."

"그리고 그걸 개인이 가지는 경우는 드물지."

임대 수익은 기본적으로 세금이 어마어마하게 센 편이다.

일을 하지 않고 얻는 불로소득이기 때문이다.

"그래서 이런 거대한 곳은 대부분 기업 형태로 인수하게 되어 있어."

"그렇지요."

고연미도 고개를 끄덕거렸다.

주변에 성공한 연예인들이 건물을 사는 것을 많이 봐 왔으니까.

"법적으로 강제된 거야?"

손채림은 고개를 갸웃했다.

그녀도 노형진 덕분에 적지 않은 투자 수익을 내서 작은 빌라들을 임대하고 있기는 하지만 기업으로 등록하지는 않았기 때문이다.

"아니, 그건 아니야. 하지만 문제는 세금이지. 너처럼 작게 하는 경우는 문제가 안 되지만."

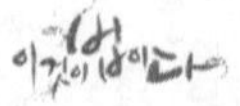

수백억짜리 건물에 매달 4억의 수익, 높은 세금이라는 구조에 당면하면 누구나 세금을 내지 않는 방법을 찾아보기 시작한다.

그리고 그중 가장 좋은 방법은 다름 아닌 인건비다.

"대부분의 이런 건물 임대업 형태의 기업들은 친인척을 직원으로 이름을 올리고 그들에게 인건비 형태로 돈을 주지. 그리고 그 돈으로 세금과 균형을 맞추는 거야."

가령 예를 들면 이런 거다.

매달 4억의 돈이 들어온다.

그러면 현행법상 그 정도 수입이면 못해도 22%의 세금을 내야 한다.

무려 1억 가까이 되는 돈이다.

그 돈을 내는 것은 아까우니 잔머리를 쓰는데, 그 잔머리가 바로 아는 사람들의 명의를 올리는 것이다.

그리고 그들에게 인건비를 준다.

그렇게 경비 처리를 해서 돈을 털어 내면 세금을 낮출 수 있다.

그리고 경비 처리를 해서 순수익을 낮출 수 있다면 당연히 과세 구간도 낮아진다.

22%의 세율을 10%까지 낮출 수 있다면 당연히 그만큼 부과되는 세금도 줄어든다.

"매달 4억 정도면 그런 식으로 절약할 수 있는 돈이 매년 수십억이야."

"오케이. 무슨 뜻인지 알겠어. 그런데 그게 이번 사건과 무슨 관계가 있다는 거야?"

"그 친척이 문제야. 그 친척 이름을 올린다고 하지만, 툭 까고 말해서 친척이 거기서 할 수 있는 일이 뭐가 있겠어?"

"어?"

"물론 건물 관리에는 인력이 필요하지. 하지만 그 사람들이 진짜로 일할까?"

경비원도 고용해야 하고 주차 요원도 고용해야 하고 청소부도 고용해야 한다.

분명히 그들은 인건비가 들어간다.

그러나 과연 이름만 올린 인간들이 실제로 일을 할까?

"맞아요. 제 주변에서도 그러더라고요."

경비원으로 올리는 게 아니다.

경비원에게 수백만 원씩 줄 수는 없으니까.

"보통 상무니 이사니 하는 이름으로 올라가지요."

그리고 매달 작게는 300, 크게는 천 단위로 돈을 받아 간다.

"다 그런다고?"

"그래."

"그러면 문제야?"

"엄밀하게 말하면 문제야."

명백하게 횡령이다.

물론 모든 걸 법대로 한다면 세상이 빡빡해서 살 수가 없으니, 어느 정도는 이해해 줄 수 있다.

하지만 개인 사업자도 아니고 법인을 낸 이상 철저하게 해야 하는 부분이다.

"그리고 아까도 말했지만, 그 건물을 산 돈이 전부 그 인간의 돈일까?"

개인이 단 한 푼의 투자도 없이 빌딩을 산다?

그건 무리다.

설사 그런다고 하더라도, 법인이라는 것 자체가 타인과 함께 만든 회사인 만큼 명백하게 횡령에 들어간다.

"자산 총액이 100억 이상인 경우 외부감사를 받도록 되어 있지요."

"그래요? 세법은 내가 잘 몰라서요."

고연미의 말에 손채림은 고개를 갸웃했다.

그런데 여기서 문제가 생긴다.

"총자산이 330억이야. 당연히 외부감사를 받도록 되어 있지. 그런데 그 당연한 게 안 걸렸어."

"오호."

당연히 외부감사에 적당한 뇌물을 주고 덮었다는 것이다.

그리고 노형진의 말대로라면 소위 관행처럼 이루어진 일인 만큼 감사가 그걸 덮어 줬을 가능성은 아주 크다.

"그걸 노리는 거야."

"세법이라……. 이건 완전히 엉뚱한데?"

"원래 알카포네도 살인이 아니라 탈세로 감옥에 들어갔단다, 후후후."

⚖

탈세로 인한 고발. 그건 사실 쉽지 않다.

경찰과 세무서는 다르기 때문이다.

경찰은 일단 고발하면 수사하면서 직접 증거를 찾지만, 세무서는 경찰처럼 수사 권한이 없기 때문에 고발한다고 해도 상대방을 털 수가 없다.

그래서 탈세로 인한 고발을 하기 위해서는 증거가 필요하다.

물론 그 증거를 얻는 것은 사실 무척이나 어렵다.

일반적으로는 말이다.

"저를 고용하고 싶다고요?"

"네. 탈세 자료를 가지고 오신다는 조건하에요."

눈앞에 있는 여자의 눈썹 끝이 파르르 떨렸다.

이런 이야기를 들을 줄은 몰랐기 때문이다.

"제…… 직장은요? 그런 일을 하면……."

"그런 일을 하면 그쪽에서 해주 씨에게 무슨 짓을 할 수 있다고 생각하시나요? 기껏해야 해직 아닙니까?"

"내부 고발이라는 게……."

해주라 불린 여자는 그 건물에서 일하는 사람이다.

이름만 올린 게 아니라, 진짜로 그곳에서 일하면서 회계를 보는 그런 사람 말이다.

"그래서 해주 씨는 월급을 얼마나 받으십니까?"

"그건……."

한 달에 110만 원. 법에서 정한 최저임금이다.

"물론 그곳에서 하는 일이 그다지 어려운 일이 아닌 건 압니다."

노형진은 고개를 주억거렸다.

매일같이 원자재가 들어왔다가 나가는 것도 아니다.

그저 월세가 들어오면 그걸 정리하고 각종 공과금이나 세금 그리고 나가는 돈만 정리하는 수준.

아주 힘든 업무는 아니다.

"하지만 그래도 고작 110만 원은 아니죠. 자기들은 한 달에 얼마나 가지고 가던가요? 300? 500? 1,000?"

해주는 입술을 깨물었다.

사람이 살기 위한 최소한의 임금도 안 되는 돈이다.

88만 원 세대. 지금의 젊은이들을 가리키는 말.

월급이 110만 원이지만, 그중 세금을 내고 남는 것은 고작 88만 원 정도.

그걸로 삶을 이어 가야 한다.

"한 달에 280만 원 드리겠습니다."

"헉!"

해주는 눈을 크게 떴다.

실질적으로 본다면 단번에 두 배나 연봉이 오르는 셈.

"저도 건물이 있습니다. 전문적으로 건물을 관리하는 팀이 있고요. 안 그래도 거기서 여직원을 한 명 고용해 달라고 하더군요. 그쪽으로 오세요."

해주의 눈이 격하게 떨리기 시작했다.

가고 싶다는 생각, 너무나 가고 싶다는 그 마음 때문이었다.

하지만 이내 그녀는 고개를 푹 숙였다.

"못 가요."

"어째서요? 두 배 이상의 연봉인데요."

"무서워요."

"그들이 무슨 짓을 할지 무섭다 이거군요."

"네……."

만일 그들이 그 사실을 알게 된다면 어떻게 할까?

단순히 자르는 정도라면 다행이다.

어차피 그만둘 테니까.

손해배상?

내부 고발에 대해서는 손해배상을 청구하지는 못한다.

그렇다면 다른 곳에 취업하는 걸 방해할까?

애초에 노형진이 소유한 건물을 관리하는 회사에 취업할 것이니 해당 사항이 없다.

“그들이 해코지를 할 거라 생각하시는군요.”

“그러고도 남을 사람들이에요, 그들은.”

“흠…….”

노형진은 잠깐 침묵을 지켰다.

그리고 미소를 지으며 그녀를 다독거렸다.

“그러면 당신이 걸릴 가능성이 없는 걸 가지고 오는 건 어떨까요?”

“그런 게 있을 리 없잖아요.”

서류를 반출하고 그만두면 자신이 했다는 의미다.

몰래 할 수 있는 일이 아니다.

“탈세 서류는 요구하지 않겠습니다. 하지만 사진 몇 개만 찍어 오세요.”

“사진요?”

“네, 건물 내부 사진요.”

“건물 내부?”

“정확하게는 사무실이죠.”

“그걸 왜……?”

“그걸 가지고 오시면 제가 아까 말한 조건을 맞춰 드리지요.”

해주는 침을 꿀꺽 삼켰다.

사진을 찍는 건 어려운 게 아니다.

사무실에 들락거리는 사람이 한두 명도 아니니 누가 찍었는지도 알 수 없다.

"고작 그걸로 된다고요?"

"네, 그거면 됩니다."

"그러면 제가…… 그만두고 바로 가면 되나요?"

"그냥 있으세요. 저쪽은 어차피 사람들을 정리해야 할 겁니다."

노형진은 미소를 지었다.

"그때 잘린 것처럼 자연스럽게 나오면, 그쪽도 해주 씨를 의심하지 못할 겁니다."

"사진…… 사진……."

그 말을 계속 중얼거리면서 그녀는 고개를 끄덕거렸다.

"서류가 아니라 사진을 달라고 한 이유가 뭔가요?"

고연미는 사진들을 보면서 눈을 찌푸렸다.

고발을 진행하기 위해서는 탈세를 했다는 서류가 있어야 한다.

그런데 노형진이 요구한 것은 서류가 아니라 사진이었다.

"거기서 일하는 해주 씨 말대로 보복의 여지가 있으니까요. 우리가 매일같이 그분을 지켜 드릴 수는 없지 않습니까? 강간 사건에서도 그러는 놈들인데, 내부 고발자인 해주 씨한테 무슨 짓을 할지 모를 일이죠."

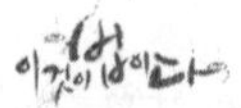

"그건 그런데……."

"내부 고발이 안 되는 이유가 바로 그 부분이죠."

"그건 그래요, 언니."

당장 내부 고발을 하면 칭찬을 하고 상금을 조금 준다.

하지만 그 이후에 보호는 안 한다.

내부 고발의 대상이 될 정도라면 상대방이 가진 힘은 어마어마하다.

한 가정의 미래쯤은 아무렇지도 않게 박살 낼 수 있는데 그런 상대로부터 보호해 주질 않으니, 당연히 아무도 내부 고발을 하지 않게 되는 것이다.

"당장은 제가 가진 회사에서 일하겠지만, 그 후에 이직할 수도 있는 겁니다. 설사 아니라고 해도, 우리가 그분이 출퇴근할 때 경호원을 붙일 수는 없으니까요."

그들에게 남은 복수의 방법은 폭행뿐이다.

여자라는 점을 생각하면, 그녀가 어떤 보복을 당할지 어렵지 않게 예측할 수 있다.

"후우, 세상은 아직 너무 더럽네요."

"그래서 변호사가 있는 겁니다."

"그런데 여전히 이해가 안 가요. 이 사진에 무슨 의미가 있다는 거죠?"

사무실이라는 공간을 찍은 사진들.

그녀는 최대한 빈틈없이 찍었다.

노형진이 부탁한 것도 있지만, 하는 것 없이 그냥 돈을 받았다는 소리가 나올까 봐 걱정해서였다.

"내부 고발이 성립되지 못하는 이유는 간단합니다. 고발하는 사람이 힘없는 사람이니까요."

"그런데요?"

"하지만 내부 고발을 하는 사람이 힘이 있는 사람이라면 어떻게 될까요?"

"힘이 있는 사람?"

"네, 염가형 그 일파가 복수를 할 수 없는 그런 사람들 말입니다."

"그런 사람이 도와줄 리 없는 것 같은데요."

"자기 이득이 걸리면 나설 겁니다."

"아. 진짜 돌려서 말하지 말고 좀 속 시원하게 말해. 가끔 보면 너 이런 걸 즐기는 것 같아."

"즐기는 거 맞아."

노형진은 손채림의 투정에 실실 웃으며 사진 한 장을 꺼내서 흔들었다.

전체적으로 사무실을 찍은 사진이었다.

"이 사진에 없는 게 뭘까요?"

"없는 거요? 사무실에 필요한 집기는 다 있는 것 같은데요."

"우움…… 모르겠는데?"

두 사람은 뚫어지게 그 사진을 바라봤지만 딱히 뭐가 없는지 알 수가 없었다.

애초에 뭐가 필요한지도 모르는데 뭐가 없는지 어떻게 안단 말인가?

“이 안에 없는 건 자리야.”

“자리?”

“자리요?”

“네, 자리. 전에 명의를 올리고 월급을 받아 가는 사람이 있다고 하지 않았습니까?”

“아하!”

자리, 즉 근무자들의 자리가 없었다.

“그들은 명의만 올린 거죠.”

당연히 출근할 일이 없다.

그리고 출근할 일이 없으니 자리를 만들 이유도 없다.

건물을 관리하는 회사는 그 건물에 입주해 있을 수밖에 없고, 자리를 차지한다는 것은 건물의 수입이 줄어든다는 의미이니 당연히 최대한 자리를 차지하지 않게 구성될 수밖에 없다.

“이 인사 기록을 보면 말이지요, 이 사무실에서 근무하고 있어야 하는 사람은 서른 명이 넘습니다.”

그러나 자리는 고작 네 개뿐.

그나마도 다른 사진에서 보면 자리 두 개는 비어 있다.

즉, 실질적으로 사용되는 자리는 두 개뿐이라는 소리다.

“그 서른 명에서 두 명을 뺀 스물여덟 명의 총월급은 매달

8,700만 원입니다."

경비원이나 청소부같이 실무를 하는 사람들의 명단을 완전히 제외하고 나서도 말이다.

"그 돈이 어디로 갔을까요?"

"탈세로 빠졌겠군요."

"정답입니다."

"하지만 그런 식으로 설명한다고 해도 국세청에서 움직일까요?"

"안 움직이겠지요."

사진은 그저 정황증거일 뿐 확실한 증거가 아니다.

그리고 국세청은 그런 정황증거로 움직이지는 않는다.

"하지만 그곳에 투자한 사람들은 움직일 수 있지요."

"아하!"

확실히 이상한 정황증거.

그리고 친인척으로 구성된 명단.

그걸 가지고 투자한 사람들을 설득하면 그들은 의심을 할 수밖에 없다.

"그리고 투자자들 입장에서는, 이건 어마어마한 횡령 사건이 될 수 있는 거죠."

세금은 세금이고 수익은 수익이다.

투자를 했다는 것은 그 수익 중 자기 지분만큼 돈을 줘야 한다는 뜻이다.

"맞네! 탈세를 위해 돈을 빼돌린다는 것은 총수익 자체가 줄어든다는 뜻이니까."

그리고 총수익이 줄어들면 당연히 투자자들에게 가는 배당금이 줄어들 수밖에 없다.

"그리고 투자자들은 염가형 일파에게 절대 을이 아니죠."

염가형이 폭력배를 동원해서 폭행을 가하면 그들 역시 똑같이 할 수 있다.

아니, 도리어 그건 그것대로 하고, 따로 고발해서 염가형을 감옥으로 보내 버릴 수 있다.

"그 사람들이라면 자료를 요구할 수 있겠구나."

"그렇지."

당연하게도 염가형 일파는 그 자료를 조작해서 내놓겠지만, 이 사진이 있는 이상 그들이 출근하지 않았다는 가장 확실한 증거가 될 것이다.

"그들이 내놓는 자료는 다 거짓이지."

그러니 그걸 가지고 배임과 탈세로 투자자들이 고발을 진행할 수 있을 것이다.

"이 비어 있는 한 장의 사진의 가치는 생각보다 어마어마하다고."

보복을 할 수 없는 대상의 공격에 그들이 과연 어떤 대응을 할지, 노형진은 궁금해졌다.

투자자들을 찾는 것은 어려운 일이 아니었다.

노형진은 그들에게 사진을 보여 주면서 지금 어떤 일이 벌어지고 있는지 그리고 얼마나 많은 손해를 보고 있는지 설득했고, 그들은 하나같이 분노하면서 고발을 진행했다.

물론 그 고발을 진행한 사람 역시 다름 아닌 노형진이었다.

"너 이 새끼! 무슨 짓을 한 거야!"

염가형은 일이 터지고 나서야 아차 싶어서 노형진을 찾아왔다.

하지만 그는 반성하는 대신에 노형진의 멱살을 잡아 올렸다.

"일하고 있습니다만?"

"일? 이이일? 이 새끼야! 너 때문에 지금 집이 무슨 꼴이 났는지 알아!"

"알죠. 아주 잘 알고 있습니다."

친척들은 죄다 횡령으로 고발이 들어가고, 형사처벌을 받아야 하는 처지가 되었으며, 아버지는 배임과 횡령 혐의를 받고 있다.

또한 감사를 해 줬던 곳은 도리어 감사를 받는 처지가 되었다.

"아마 친척들이 죄다 전과자가 되게 생겼을 텐데요?"

노형진이 이죽거리면서 말하자 염가형은 분노로 주먹을

휘두르려고 했다.

"너 이 새끼!"

하지만 노형진은 이번에는 맞아 주지 않았다.

그때도 맞지 않아도 될 것을 그냥 맞아 준 것뿐이다.

"여기는 카메라가 없단다, 아그야."

"뭐?"

"그런 어쭙잖은 싸움 실력으로 여기에 와서 행패를 부리면 두려움에 떨면서 살려 달라고 빌 줄 알았어?"

그 말과 동시에 뒤쪽에서 '파파팍!' 하는 소리가 들려왔다.

건장한 덩치의 남자들, 즉 새론의 경호 팀이 3단 봉을 펼치면서 흉흉한 표정으로 안으로 들어오는 것이 보였다.

"어디를 분질러 줄까? 팔? 다리? 개인적으로 갈비뼈는 비추천이야. 한 방에 훅 가는 수가 있거든."

염가형은 다리가 바들바들 떨렸다.

지금까지 이런 협박을 받아 본 적이 없는 그였다.

"아, 혹시나 아버지가 지켜 줄 거라는 헛된 믿음은 좀 버려 줬으면 좋겠는데."

다른 곳도 아니고 변호사 사무실에 주먹질하러 온 놈이다.

"아니면 너랑 같이 다니던 그치들이 네가 전화하면 당장이라도 달려올 줄 알았니? 너 그 애들이 도와 달라고 했는데 거절했다면서."

"너…… 너……."

염가형은 할 말이 없었다.

맞는 말이다.

그들은 갈 곳이 없어서 어쩔 수 없이 염가형에게 도움을 요청했지만, 그는 단호하게 거절했다.

'예상했던 일이지.'

그가 그런 걸 책임지고 도와주는 인간이라면 이딴 짓거리도 하지 않을 테니까.

"좋게 말할 때 꺼져라."

노형진의 말에 염가형은 부들부들 떨면서 바깥으로 나갔다.

그때 소란을 느끼고 슬쩍 와서 구경하던 손채림이 고개를 빼꼼 내밀었다.

"저놈 왜 온 거야?"

"이제 안 거지, 자신이 어떤 상황에 처했는지."

아마도 노형진에게서 증거와 자료를 받은 투자자들은 항의를 하면서 소리를 질렀을 테고, 그걸 또 염가형이 알았을 것이다.

"하지만 그들은 이제 시작이라는 걸 모른 거지."

"어째서?"

"피해 사실을 안 투자자들이 과연 그냥 넘어가겠어?"

"안 넘어가겠지."

정상적인 경우라면 회사의 대표, 그러니까 염가형의 아버지를 자르려고 할 것이다.

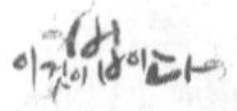

"하지만 그런다고 해서 그가 손해가 심할까? 물론 나오는 돈이 줄기는 하겠지만."

아무 지분도 없는 사람을 사장으로 뽑지는 않았을 것이다.

아마 염가형의 아버지는 회사 내에서도 지분이 적지 않을 것이다.

"그러니 그 지분을 빼앗아야지."

노형진이 자리에서 일어나면서 미소를 지었다.

사람을 해직하게 되면 단순히 인수인계만 문제가 아니다.

물론 정상적인 과정을 거쳐서 정년퇴직이나 은퇴를 한 거라면 문제가 안 된다.

하지만 그런 게 아니고 횡령으로 조사를 받아서 회사에서 잘리는 거라면, 자연스럽게 따라오는 과정이 있다.

"여러분들에 대한 고발이 진행될 겁니다."

노형진은 모아 둔 사람들을 보면서 차분하게 말했다.

그러자 모여 있는 사람들의 눈이 격하게 흔들렸다.

"아니, 무슨 말씀이세요? 우리가 뭘 어쨌다고요?"

"그렇게 주장하신다면, 저희 쪽에서는 그냥 법대로 조사에 들어가면 되겠지요?"

모여 있는 사람들은 웅성거리면서 서로의 눈치를 보기 시작했다.

"다 알고 왔습니다."

모여 있는 사람들, 그러니까 염가형 일가에게 일을 받아서 관리 업무를 하던 업체의 사장들이었다.

'아파트 부녀회장도 돈 챙기는데 이놈들이 돈 안 줬겠어?'

한국의 건물이나 아파트 등 집합 건물을 관리하는 자들은 의외로 강력한 권력을 가진다.

그 안에 들어가는 모든 물품을 선택할 뿐만 아니라 관리를 하는 외부 주체를 선정할 수 있다.

오죽하면 아파트 부녀회장을 하기 위해 멱살을 잡고 싸우겠는가?

"당신들이 한 짓은 다 압니다. 뇌물을 주시고 일을 받으셨겠지요."

"그건 아닙니다만……."

"아닌 분은 여기서 나가시면 됩니다. 대표가 바뀌고 나면 자연스럽게 알게 될 테니까요."

노형진의 말에 누구도 나가지 않았다.

말로야 아니라고 하지만 그렇지 않다는 것은 누구보다도 스스로가 가장 잘 알 테니까.

'염가형이랑 그쪽은 이미 증거를 모조리 삭제했겠지.'

사장이 바뀌면 당연히 그 조사를 다 시작하게 될 게 뻔하다.

그리고 그로 인한 손실을 막기 위해 그쪽은 관련 증거를 열심히 삭제하고 있을 게 뻔했다.

'하지만 아무리 그들이라고 해도 외부 업체의 증거는 삭제할 수가 없지.'

그래서 노형진이 이들을 만나러 온 것이다.

이들을 한번 흔들기 위해 말이다.

"저희는 이번 사건을 그냥 넘어갈 생각이 없습니다. 여러분들이 생각하는 것 이상으로 투자자분들은 화가 나셨고, 그만큼을 다시 돌려받으실 생각입니다."

"크흠……."

"우리보고 이제 와서 어쩌라고요……. 우리도 어쩔 수 없이 그러는 건데."

"어허, 김 사장."

"박 사장님도 아시잖아요? 우리 같은 작은 회사들이 무슨 힘이 있습니까?"

저쪽에서 돈을 달라고 하는데 안 주면 일을 하지 못한다.

애초에 저쪽에서 아예 딱 계산을 해 온다.

이번 일은 얼마에 해 주고, 그중 얼마는 자신들에게 몰래 돌려 달라는 식으로.

"그거 거절하면 우린 굶어 죽습니다."

"압니다. 그래서 여러분들에게 기회를 드리고자 하는 겁니다."

"기회요?"

"그 관련 업무에 대해 증언을 해 주세요. 증거를 주신다면 더더욱 좋고 말입니다."

"그건 좀……."

아무래도 그 뒤끝이 감당되지 않을 거라 생각해서 그런지 다들 쭈뼛거리면서 나서지 못했다.

하지만 노형진은 그들이 나설 수밖에 없도록 만들 생각이었다.

"안 그러면 정식으로 경찰에 고발하고 조사해야지요."

"고…… 고발요?"

"그들의 협박에 의해 어쩔 수 없이 한 거라면 여러분은 피해자입니다. 하지만 그들과 함께한 거라면 여러분은 가해자이지요. 그러면 당연히 고발하고, 여러분들이 부당하게 벌어간 돈을 환수해야겠지요."

"그, 그건……."

"하지만 여러분이 먼저 신고를 한다면 입장은 달라집니다."

그들은 피해자로서 어쩔 수 없이 받은 돈의 일부를 사장과 그 일당에게 준 셈이 되니까.

"우리는 그 돈을 당당하게 전 사장에게서 받아 낼 수가 있는 거죠."

"전 사장이라니……."

"이미 그의 범죄행위는 발각되었습니다. 다음 총회에서 그의 해직이 결정될 겁니다."

꿀꺽!

다들 눈을 데굴데굴 굴렸다.

그리고 몇몇이 조심스럽게 입을 열었다.

"그러면…… 우리는 불이익은 없는 겁니까?"

"물론 불이익이 없지는 않을 겁니다. 우리 쪽과 다시 거래할 때 불이익이 있겠지요."

좋게 말해서 불이익이지, 사실상 이쪽과는 거래가 끊어진다고 봐야 한다. 그들도 그건 모르지 않는다.

"하지만 형사 고발되고 수사가 진행되면 다른 고객들도 떨어져 나갈 텐데요?"

"크흠……."

세상에 어떤 멍청한 건물주가 수사 중인 업자와 거래를 하려고 하겠는가? 당연히 그들은 망할 수밖에 없다.

"거래처를 한 곳만 잃어버리느냐, 아니면 전부를 잃어버리느냐. 그건 여러분들이 선택할 사항입니다."

하지만 노형진은 안다.

그들이 어떤 선택을 할지 말이다.

"그 선택을 기다리지요, 후후후."

"이거 어쩔 거야? 어?"

"아니, 아들놈 교육도 제대로 못 시켜서 이게 뭔 꼴이야!"

염가형의 아버지는 죽을 맛이었다.

아들이 자신을 강간으로 고소한 집안에 복수한다고 하기에 좋다고 했었다.

만만하게 보이고 신고 같은 걸 당하면 또 할 수 있다고 생각했기 때문이다.

자신들의 힘으로 찍어 누르고 본을 보여 놔야 다시는 아랫것들이 기어오르지 못할 거라 생각했다.

하지만 상황이 이상하게 돌아가기 시작했다.

"아니, 이건 그게 아니라……."

"그게 아니긴 뭐가 그게 아니야!"

아들이 건드린 변호사가 너무 거물이었다.

염가형의 아버지도 모르는 방식으로 그의 뒤를 후려치기 시작했고, 그가 돈을 빼돌리는 것을 알게 된 투자자들은 거품을 물면서 달려들었다.

문제는 그것만이 아니었다.

"삼촌도 좋다고 돈 받아 가셨잖아요!"

"씨발! 그 돈 대부분은 네가 가지고 갔잖아! 그런데 나보고 횡령으로 감옥에 가라니 그게 말이야, 막걸리야!"

친척들을 입사 처리하고 그 후에 월급을 넉넉하게 줬다.

하지만 그것으로 끝이 아니다.

그 후에 소위 말하는 페이백, 그러니까 월급 중 일부는 그

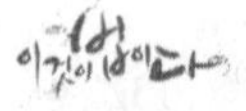

에게 반납하게 했다.

친척들도 적지 않은 공돈이 생기는 것이니 좋다고 했는데, 그게 문제가 되어서 친척들이 횡령으로 모조리 고발당해 버렸다.

"친척이란 친척은 모조리 전과자로 만들다니……."

한두 명도 아니고 최대한 페이백을 많이 받아야 이익이 남기 때문에 이런저런 사람들을 집어넣었는데, 이제는 그들이 도리어 수사의 대상이 되어 버린 것이다.

"아, 미치겠네."

머리를 부여잡고 고민하고 있는데 염가형이 문을 박차고 들어왔다.

"아빠! 아빠! 어떻게 좀 해 줘!"

"뭐?"

"이 개 같은 연놈들이……! 아, 오셨어요! 아빠, 이 개 같은 연놈들 때문에 내가 화가 나 죽겠다고! 이 새끼들이 법대로 한다잖아! 아빠가 가서 따끔하게 혼 좀 내 줘! 별 거지 같은 새끼들이!"

"이이익."

그걸 보면서 그는 자신이 아들을 잘못 키웠다는 사실을 뼈저리게 느꼈다.

지금 이 자리는 그의 아들이 저지른 잘못 때문에 온 친인척이 전과자가 되게 생겼기에 대비책을 세우려고 마련한 것이다.

그런데 집에 들어오자마자 헛소리부터 하고 있는 아들을 보니 숨이 넘어갈 지경이었다.

“너 이 새끼야! 지금 상황이 이해가 안 가?”

“아…… 아빠?”

“지금 너 때문에 우리 집이 망하게 생겼어!”

만일 친척들이 페이백을 받은 사실을 말하면 그는 사실상 파멸한다.

문제는 친척들이 그러지 않을 이유가 없다는 거다.

그동안 받은 돈도 돈이지만, 당장 감옥살이를 하게 생겼으니 어떻게 해서든 형량을 줄여야 하니까.

더군다나 그렇게 받은 돈이 한두 푼도 아니고 한 명당 수천만 원 단위다. 그런 만큼 그들은 사실을 말할 수밖에 없다.

“당장 나가!”

“아…… 아빠?”

“나가라고! 내 말 안 들려!”

염가형의 아버지는 소리를 질렀고, 염가형은 일이 잘못되어 가고 있다는 사실을 느끼고 눈만 데굴데굴 굴릴 수밖에 없었다.

“여기서 끝낸다고? 의외네? 넌 끝까지 가잖아?”

"염가형은 끝까지 갈 거야. 하지만 엄밀하게 말하면 염가형의 가족들에 대해서는 더 이상 할 이유가 없지. 애초에 그들을 몰락시킨 것은 다른 게 목적이기 때문이니까."

노형진이 가족에 대한 고발을 더 이상 진행하지 않겠다고 했을 때 손채림은 깜짝 놀랐다.

하지만 생각해 보니 더 이상 진행할 이유도 없기는 했다.

"하긴, 이미 그쪽은 끝난 거나 마찬가지니까."

"그래, 조사가 들어갔으니 친척들이 죄다 전과를 달 수밖에 없을 거야."

염가형의 가족들을 공격한 것은 그를 지키는 힘을 빼기 위한 것일 뿐이다.

당장 염가형의 친척들은 사실상 적이 되었고, 그의 아버지도 자신을 지키는 데 정신이 없는 만큼 염가형을 지켜 줄 사람은 없다고 봐도 무방하다.

"이제 남은 건 염가형을 족치는 것뿐이야, 흐흐흐."

염가형은 입술이 바짝바짝 말랐다.

자신이 가장 믿는 구석이었던 아버지가 어젯밤에도 와서 자신의 따귀를 올려 쳤기 때문이다.

너 때문에 집안이 망하게 생겼다고 말이다.

사실 그럴 수밖에 없다.

단순히 해직의 문제가 아니라, 그동안 받았던 모든 돈을 토해 내야 하니까.

대부분 어마어마한 돈을 받았기 때문에 그 돈을 주기 위해서는 집을 팔아야 했다.

"젠장…… 젠장……. 그래, 좋게 생각하자. 이제 와서 어쩔 거야? 내가 조금만 마음을 곱게 먹으면 되는 거야."

마음을 곱게 먹는다.

그건 반성하고 사과한다는 뜻이 아니다.

이미 그가 저지른 행동에 대해서는 처벌이 떨어졌다.

물론 터무니없이 약하긴 하지만, 처벌은 처벌이다.

"일사부재리가 있으니까."

즉, 그가 똑같은 짓을 하지 않는 이상에야 저들은 그를 다시 처벌하지 못한다는 뜻이다.

비록 그들의 속을 긁어 버리는 것은 불가능해졌지만.

"염병 씨발. 멍청한 계집 하나 건드린 걸로 이건 너무하잖아?"

그는 자신의 집안이 얼마나 무너지고 있는지 전혀 감도 잡지 못하고 있었다.

그저 회사의 지분을 많이 가지고 있으니 아버지가 대표 자리에서 잘리는 걸로 끝이라고 생각하고 있을 뿐이었다.

하지만 그가 실수한 것은 노형진이 얼마나 집요한지를 전혀 몰랐다는 부분이었다.

"염가형 씨! 염가형 씨! 계십니까?"

"누구야!"

"경찰입니다!"

"경찰?"

염가형은 움찔했다.

경찰이 자신을 찾아올 거라고는 생각하지 못했기 때문이다.

하지만 그는 이내 입에 썩소를 띠었다.

'그래, 지들이 어쩔 거야?'

이미 처벌은 끝났다.

형사적으로 처벌받을 수 있는 방법은 없다고, 그는 믿어 의심치 않았다.

"뭔데?"

그는 짜증을 부리면서 문을 열었다.

경찰이 찾아온다고 해도, 아무것도 하지 못할 거라 생각했으니까.

하지만 그가 생각하지 못한 것이 있었다.

"염가형 씨?"

"그런데 뭐?"

"염가형 씨 맞습니까?"

"맞다니까."

경찰은 고개를 끄덕거렸다.

그리고 등 뒤에서 뭔가를 꺼내 들었다.

"염가형 씨, 당신을 성추행으로 체포합니다."

"뭐?"

그는 멍한 표정이 되었다.

하지만 그의 눈앞에 있는 종이는 명백하게 체포 영장이었다.

"당신을 스물여덟 건의 성추행을 체포합니다."

"아…… 아니, 잠깐! 그게 무슨 소리야? 성추행이라니! 내가 뭔 짓을 했는데! 그 걸레 같은 년이 고소한 거야? 난 처벌받고 왔어! 그런데 왜 체포하는데?"

"네? 처벌받았다고요?"

이해가 안 간다는 표정이 되는 경찰.

그다음 순간 경찰의 등 뒤에서 돌리는 목소리.

"처벌받지 않았습니다. 당신이 받은 건 단 한 건의 강간에 대한 처벌이죠."

"뭐, 뭐야, 넌?"

염가형은 경찰의 등 뒤에서 나타난 노형진을 보고 얼굴이 딱딱하게 굳었다.

"너 이 새끼, 여기가 어디라고 기어들어 와!"

"체포 영장이 있으니 뭐 어디든 상관있겠습니까? 하긴, 제가 경찰이 아니니 문제가 될 수도 있겠습니다만."

노형진은 어깨를 으쓱했다.

"꼬우면 고소하시죠."

"너 이 새끼! 일사부재리도 몰라! 난 처벌받았어! 처벌받았다고!"

고래고래 소리를 지르는 염가형.

하지만 노형진은 그에게 당당하게 할 말이 있었다.

"한글 모르세요? 강간이 아니라 성추행에 따른 체포 영장입니다만."

"성추행?"

"제가 바보로 보입니까, 이미 처벌받은 걸 가지고 고소하게?"

노형진은 히죽 웃으며 그를 바라보았다.

"내가 왜 당신의 집안과 회사를 싹 털었는지 모르지요? 설마 그냥 당신 엿 먹이려고 당신 집안을 부순 거라 생각합니까?"

"너…… 너……!"

노형진은 분노로 부들부들 떠는 염가형에게 차갑게 말했다.

"아마 당신이 고소당할 때는 강간과 추행이 친고죄였을 겁니다. 그래서 당한 사람들이 신고하지 않으면 처벌받지 않는다는 것을 알고 있었겠지요."

노형진은 고개를 주억거렸다.

그건 맞는 말이다.

"문제는, 당신 같은 사람은 법에 대한 업데이트가 느리다는 거죠."

"법에 대한 업데이트?"

"설마 당신이 법에 대해 공부하고 조사했을까요?"

분명 그랬다.

그는 강간을 한 당시에 강간이 친고죄라는 사실을 알았을 것이다.

그래서 실형을 살고 나왔다.

그리고 복수를 시작했고.

"하지만 그사이에, 강간과 추행의 친고죄 부분이 폐지되었죠."

"친고죄가 폐지되었다고?"

"네. 그리고 당신의 아버지는 해직 직전이고, 관리 업무에서 쫓겨났지요."

노형진은 차분하게 말하면서 그를 뚫어지게 바라보았다.

"그리고 당신이 한 헛짓거리들이 모조리 찍혀 있는 영상이 있지요."

노형진이 그들 집안을 궁극적으로 쫓아낸 이유.

그건 다름 아닌 성추행이 담겨 있는 일련의 영상 때문이었다.

'내가 달라고 하면 그들이 순식간에 삭제하겠지.'

고발을 하고 증거를 얻으려고 한다?

그건 의미가 없다.

그 전에 먼저 삭제할 테니까.

그런다고 찾아다니면서 피해자를 설득한다?

물론 설득하면 동참하는 사람도 있겠지만, 여전히 그에 대한 두려움을 가지고 있는 사람은 고발에 동참하지 않을 것이다.

"요즘은 시대가 좋아요. 어지간한 곳에는 CCTV가 다 있

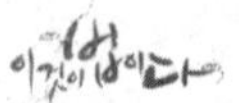

단 말이지요."

그리고 그는 아버지의 힘으로 자리 좋은 곳에 커피숍을 크게 오픈하고 직원들을 고용했다.

그곳은 유동 인구가 많은 곳이었고, 유동 인구가 많다는 것은 사건도 많다는 것이다.

당연하게도 그런 곳에는 대부분 CCTV가 있다.

'그리고 네놈은 위력을 이용한 강간을 한 놈이지.'

그가 감옥에 갔다고 해서 그 커피숍이 사라진 것은 아니다.

아무 일 없는 듯 멀쩡하게 운영되었고, 지금도 그가 나와서 다시 운영하고 있다.

그 말은 다시 강간을 하지는 않았다고 해도, 최소한 거기서 일하고 있는 다른 여직원이나 아르바이트생에 대한 성추행은 계속했을 거라는 뜻이다.

애초에 그가 피해자를 괴롭힌 이유가, 다른 사람이 신고하는 것을 막기 위해서였으니까.

실제로 대부분의 여자들은 그런 경우 울며 겨자 먹기로 참는다.

취업이 잘되는 시절이 아니기 때문이다.

'하지만 이제는 상황이 바뀌었지.'

그의 집안의 힘은 사라졌고, 성범죄의 친고죄 부분도 사라졌다.

그리고 노형진의 손에 그 영상이 들어왔다.

"당신 아버지가 쫓겨난 이상, 그 안에 있는 영상을 삭제할 사람은 없지."

노형진이 그들 집안을 경영에서 몰아낸 가장 큰 이유는 다름 아닌 이 영상을 손에 넣기 위해서였다.

"너…… 너……."

설마 강간과 추행의 친고죄 항목이 폐지된 줄 모르고 있었던 염가형은 입을 쩍 벌렸다.

"대부분의 사람들은 모르죠."

사실 사람들의 생각처럼 친고죄가 사라졌다고 해서 신고가 늘어난 것은 아니다.

일단 신고를 하면 신고자로서 경찰서에 들락날락해야 한다는 점과 쓸데없는 일에 엮이고 싶지 않다는 마음, 거기에다 신고를 했다가 도리어 여자가 아니라고 해 버리면 무고로 엮일 수 있다는 문제 때문에 대부분의 경우 강간같이 위급한 상황이 아닌 성추행 정도는 현장을 봐도 무시해 버린다.

실제로도 추행을 보고 신고했는데 정작 여자가 부끄러움에 그런 일이 없다고 하는 바람에 무고로 엮인 경우도 종종 있었으니까.

그래서 친고죄 조항이 삭제되었음에도 불구하고 딱히 신고가 늘어난 것도 아니고, 당연히 대부분의 사람들은 그걸 알지도 못하고 있었다.

'하지만 넌 아니지.'

강간까지 했던 녀석이 과연 자기 버릇을 고칠까?

거기에다 매일같이 와서 행패까지 부리던 녀석이?

그럴 리 없다.

물론 된통 당하는 바람에 강간 자체는 안 하겠지만 성추행 자체는 끊임없이 해 왔을 것이다.

'그리고 그 영상은 그대로 찍혀 있고 말이지.'

증거가 없으면 모를까, 증거가 있으면 고발하는 것은 어려운 일이 아니다.

당연하게도 개별적 사건인지라 고발이 들어가면 처벌을 피할 수 없다.

"성범죄자가 동종의 범죄를 마흔 건이 넘게 저질렀다라……."

노형진은 씩 웃었다.

"당연하게도 가석방은 끝장난 거지."

"아, 안 돼……."

염가형은 주춤주춤 물러났다.

그가 복수심에 불타서 지랄을 한 이유.

그건 감옥에서 버티기가 너무나도 힘들었기 때문이다.

그런데 가석방이 끝났다니?

그는 형량을 고작 60%밖에 채우지 않았다.

못해도 8개월 이상은 다시 감옥에 들어가 있어야 한다는 소리다.

"원래 감옥에서 성범죄자에 대한 대우는 아주아주 개떡 같지."

아까와 다르게 반말을 하는 노형진.

염가형은 도망치듯 집 안으로 뛰어들어 갔다.

그리고 문을 닫으려고 했지만, 경찰은 이미 예상한 듯 입구 안쪽으로 슬쩍 발을 넣어서 그걸 막았다.

"아, 혹시나 해서 말하는데, 그거만 채우고 나올 거라고 생각하지 마. 이 경우 특정범죄가중처벌법 위반이거든."

당연하게도 이 사건을 진행하면서 가중처벌이 될 것이다.

전이라면 아버지가 막았겠지만…….

"지금의 너희 아버지에게 그럴 힘이 있을까?"

지금 당장 자신을 지키기에도 버거워서 허덕거리는 그다.

아니, 사실 아들 때문에 이 꼴이 났다.

"당장 뇌물로 준 돈도, 빼돌린 회사 돈으로 줬을 텐데?"

그걸 어디에 썼는지 입증해야 하는 그들의 입장에서 지금 도와주는 것은 불가능하다.

"안 돼! 이럴 수는 없어! 난 다시는! 다시는 감옥에 갈 수 없어!"

그는 다짜고짜 창문으로 달려갔다.

다시 감옥에 가느니 차라리 죽겠다고, 그는 그렇게 생각해 왔다.

그런데 다시 감옥이라니.

"잡아!"

"자살 못 하게 막아!"

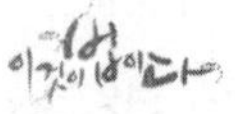

"수갑 채워! 수갑!"

당장이라도 아파트에서 뛰어내리려고 하는 그를 보면서 노형진은 혀를 끌끌 찼다.

잠시 후 염가형은 수갑을 찬 채로, 절대 감옥에는 안 간다고 소리를 고래고래 지르면서 경찰차로 끌려갔다.

노형진은 그렇게 멀어지는 염가형에게 크게 소리를 질렀다.

"넌 축배를 너무 일찍 터트렸어!"

"으아아! 죽여 버릴 거야! 나오면 모조리 죽여 버릴 거야! 너 이 새꺄! 듣고 있어! 죽여 버릴 거야!"

그는 수갑을 찬 채로 비명과 저주를 반반 섞어서 소리를 지르며 경찰차 안에 태워졌다.

그걸 1층에서 바라보던 손채림은 아파트에서 나오는 노형진에게 다가가 물었다.

"애초부터 그럼 그 집을 노린 게 아니라 그 영상을 노린 거였어?"

노형진은 고개를 끄덕거렸다.

"그래. 하지만 내가 그 영상을 노리는 줄 알면 바로 삭제했겠지. 경찰에 신고했다고 해도, 일단 경찰에서 그들에게 알려 줄 테니까."

그 정도 힘이 있으면 경찰과 선이 있다고 봐야 한다.

연락이 오면 순식간에 삭제할 테고, 그 후에 경찰이 찾아가 봐야 사고로 삭제되었다고 우길 것이 뻔했다.

"그래서 일단 그들을 쫓아내야만 했구나."

"일이 좀 커지기는 했지만 말이지."

노형진은 어깨를 으쓱하며 말했다.

"중요한 건, 동종 범죄가 한두 건이 아니게 되었으니 아마 실형이 제법 나올 거라는 거야."

이번에는 지켜 줄 사람도 없다.

당연히 상당히 긴 기간 동안 감옥에 있게 될 것이다.

"물론 그런다고 해도 피해자들의 고통에 비하면 터무니없이 작을 테지만."

"이번에는 반성할까?"

"그건 모르지. 하지만 한 가지는 확실해."

노형진은 처절했던 염가형의 얼굴을 떠올리면서 미소 지었다.

"이번에는 축배를 못 터트린다는 거."

그리고 그거면 충분했다.

마리아의 눈물, 다른 사람의 눈물

많은 사건이 세상을 떠들썩하게 한다.

하지만 어떤 사건의 경우, 특히 재벌이라 불리는 자들이 끼는 경우 그 사건은 세상을 떠들썩하게 하기보다는 쉬쉬하면서 넘어가는 게 보통이다.

"징역 10년이라……. 특수 절도로는 최고 형량이네요."

1심에서 지고 2심으로 넘어온 사건.

그나마도 새론의 사건이 아니었다.

원래 하던 법무 법인에서 변론을 포기해서 이곳으로 넘어온 사건이다.

"그래, 이보다 더 안 좋을 수는 없지."

김성식은 고개를 끄덕거리면서 말했다.

이쪽으로 넘어온 사건이기는 하지만 상황이 무척이나 특수했기 때문에 직접 나서서 해결하려고 하는 중이었다.

하지만 그로서도 방법이 없었다.

"흠…… 피해 물품이 뭐라고요?"

"'마리아의 눈물'이라고 불리는 시가 280억짜리 목걸이네."

"그래서 시중에 알려지지 않은 거군요."

시가 280억짜리 물건을 재벌가가 가지고 있다가 잃어버렸다는 소문이 돌면, 사람들은 불쌍하다고 생각하기보다는 도대체 무슨 돈으로 그걸 샀는지부터 의심할 테니까.

"확실한 겁니까?"

"그래, 확실하게 확인했네. 소더비에서 6년 전 마리아의 눈물을 조씨 일가가 낙찰받았어. 그 당시에 감정가가 280억이었지."

"어후, 그러면 지금은 더 올랐을 수도 있다는 소리잖아요."

김성식은 고개를 끄덕거렸다.

"지금쯤은 한 300억까지 오르지 않았을까?"

"미쳤네, 미쳤어."

손채림은 이해가 안 간다는 듯 고개를 흔들었다.

도대체 무슨 목걸이가 280억이나 한단 말인가?

"나도 좀 살았지만, 재벌가는 이해가 안 가."

"원래 그런 걸로 세금 안 내려고 하는 거야."

"뭔 세금?"

"그걸 물려주면 어떻게 아냐?"

"아……."

한국에서 내야 하는 상속세는 적지 않다.

재벌가 같은 경우는 50% 정도 내야 하는데, 이런 물건으로 가지고 있다가 넘겨주고 기록만 잘 숨기면 돈 한 푼 내지 않고 상속을 할 수 있다.

"거기에다 이런 건 가지고 있으면 가격이 오르니까 재테크도 되고."

"후덜덜한 재테크다, 진짜."

손채림의 말에 노형진은 고개를 끄덕이면서 사진을 보며 입술을 핥았다.

"마리아의 눈물이라……."

프랑스 마지막 왕비 마리 앙투아네트가 가지고 있던 것 중 하나라고 알려진 이 목걸이는, 그 자체도 어마어마한 보석이지만 그녀가 가지고 있었다는 역사적 사실만으로도 충분히 가치가 있는 물건이었다.

"이걸 훔쳤다라……. 그리고 10년 형이라……. 확실히 그 정도 나올 수 있겠네요. 가치만 본다면요."

무려 280억이다.

거기에다 피해자가 현재 거대 재벌인 호종그룹의 조씨 일가다.

그 형량이 안 나오면 이상한 거다.

“그래, 맞아. 그런데 말이야, 사건을 보면 영 이상하단 말이지.”

“네, 맞습니다. 사실 말이 안 되는 사건이기는 하거든요.”

“도대체 말이 안 되는 게 뭔데?”

“너 같으면 몰래 재산을 물려주려고 산 물건을 집에다가 가만두겠어, 아무나 볼 수 있게?”

“아하!”

이건 주변에 보여서는 안 되는 물건이다.

당연히 사람들이 볼 수 없는 곳에 조용히 보관해야 한다.

“그런데 일개 아줌마가 그걸 훔친다는 게 말이나 되냐고.”

“기록에 따르면 그날 행사에 끼고 가기 위해 미리 준비해 놨다잖아.”

“그러니까 웃긴 거야. 280억짜리 목걸이를 행사에 끼고 간다고?”

노형진은 코웃음을 쳤다.

“지금 시대가 어느 시대인데. 화려한 목걸이보다는 그림 하나가 더 비싼 시대야. 너 같으면 이거 끼고 행사에 갈 수 있겠냐?”

“으음…….”

그 마리아의 눈물이라는 목걸이를 바라보던 손채림은 이내 고개를 흔들었다.

“아니.”

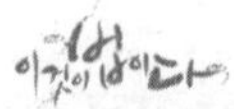

이 시대의 목걸이도 아니고, 무려 프랑스혁명 시기의 목걸이다.

당연하게도 그 시대 기준에 맞게 만들어져 있다.

“그 당시의 드레스는 상당히 파이게 만들어졌지.”

당연하게도 목부터 가슴골까지 훤하게 트여 있는 형태라 그 부분을 채우기 위해 목걸이의 크기도 상당했다.

“하지만 지금 그런 옷을 입는 사람들이 어디에 있어?”

요새 행사에 입는 드레스는 나이트가운 형태의 늘씬한 형태를 추구한다.

그런데 그러한 형태의 드레스에는 이런 목걸이가 절대 어울리지 않는다.

물론 가슴팍이야 트일 수 있겠지만, 그렇다고 해서 그 목걸이와 어울리는 것은 아니다.

“그리고 재벌쯤 되는 사람이 그 정도의 미적감각이 없을까?”

“그건 그러네.”

진짜로 미적감각이 없다면 코디를 두면 되는 게 재벌이다.

그런데 그런 인간이 이런 목걸이에 맞춰 옷을 입는다?

상식적으로 말이 안 된다.

“더군다나 이걸 산 게 지금도 아니야. 지금 산 거라면 자랑이라도 한다고 하지.”

무려 6년 전에 구입한 거다.

이제 와서 자랑할 것이 아니다.

"더군다나 애초에 그날 행사가 동네 반상회도 아니었잖아."

재벌가들이 모이는 파티였던 행사.

즉, 이걸 차고 가서 자랑해 봐야, 다들 이런 거 하나 살 정도의 능력은 되니 의미가 없다.

"그런데 이런 걸 차고 가기 위해 미리 준비한다? 상식적으로 이해가 안 가."

"그래도 사라진 건 사실이잖아."

"그게 더 이상해. 사람은 급이라는 게 있다고."

"급?"

"그래. 재산적인 급을 이야기하는 게 아니야. 아니, 자기 세계라고 표현하는 게 더 맞겠네."

부자들에게는 부자들만의 세계가, 서민들에게는 서민들만의 세계가 있다.

부자들은 한 끼에 몇백짜리를 잘만 먹지만, 서민들은 소고기 한 번 먹는 것도 힘들다.

"그건 범죄의 세계에서도 마찬가지야."

아무리 전문 소매치기라 한들 100억짜리 물건을 쉽게 처분할 수는 없다.

하물며 지금까지 도둑질이라고는 한 번도 해 본 적 없는 사람이 어떻게 280억짜리 물건을 훔쳐 냈다 한들, 그걸 처분할 수 있는 능력이 있을 리 없다.

"그런가?"

"노 변호사 말이 맞네. 욕심이라는 것도 결국 그릇이 있어야 하지. 아무리 환상적인 물건이 눈앞에 있어도, 자기가 감당할 수 있는 수준이 아니라면 욕심이 나지 않지."

대표의 지갑에서 몇백만 원을 훔쳤다?

이해가 간다.

거기에서 작은 귀걸이나 목걸이를 훔쳤다?

그것도 이해가 간다.

"그런데 갑자기 280억짜리 물건을 훔쳤다? 이해가 안 가지."

그걸 검찰은 단순히 인간의 욕심으로 치부하고 있지만, 인간의 욕심은 그런 게 아니다.

갑자기 한 방에 커지는 게 아니라, 조금씩 커지게 된다.

"횡령을 하더라도 조금씩 하다가 걸리지 않으면 크게 하는 게 인간이야. 아무런 생각도 없이 기회가 왔다고 무조건 크게 한 방 저지르는 놈은 없어."

그런 놈은 둘 중 하나다.

아예 위에서 군림하던 놈이든가, 아니면 지금까지 단 한 번도 걸리지 않았든가.

"그런데 이 아줌마 타입을 보면 그것도 아니거든."

평생을 가정부로 살아왔다.

그것도 그 회장의 집에서만 무려 20년을 일했다.

만일 그런 욕심이 있는 사람이었다면, 이미 뭐든 하나 훔쳐서 나왔어야 했다.

"이해가 가네. 이 사람이 도둑질을 할 상황이 아니었다는 거잖아."

"그래."

노형진은 그 말을 하면서 다른 변호사의 사건도 확인했다.

"그리고 이 변호사의 행동도 이상하고."

"응? 왜? 고의로 변론하지 않은 거야?"

"아니, 충분히 했어."

나름 노력을 했다.

변론서를 보면 성향을 알 수 있다.

일을 대충 하는지 아니면 적극적으로 하는지.

개인 변호사였던 그의 기록을 보면, 그는 절대 일을 대충 하는 사람이 아니다.

"즉, 이 사건을 쉽게 넘기려고 한 게 아니라는 거지. 그런데 갑자기 변론을 그만뒀어. 왜일까?"

다른 변호사라면 그다지 관심을 가지지 않았을 사항이다.

하지만 노형진은 그 부분이 제일 이상했다.

'예상이야 가지만.'

하지만 예상이 된다고 해서 모든 게 다 맞아떨어지는 것은 아니다.

결국 방법은 한 가지뿐이다.

"아직 2심이 좀 남았으니……."

노형진은 자리에서 일어났다.

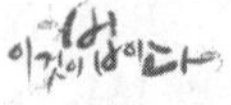

"피해자보다는 이 사람을 먼저 만나 보는 게 좋겠어."

⚖

"왜 그만뒀냐고요?"

"네."

"그냥…… 제 개인적인 사정이 생겨서……."

"그러면 변론 기일 변경을 요청해도 되지 않습니까?"

"아니 그게, 좀 오래 걸릴 것 같아서요."

우물쭈물 시선을 돌리면서 말을 하지 않는 변호사를 보면서 노형진은 주변을 둘러보았다.

깔끔한 인테리어, 얼마 되지 않은 시설들, 그리고 실력은 제법 있는 사람.

노형진은 그를 보면서 조심스럽게 물었다.

"로스쿨 출신입니까?"

"네?"

"로스쿨 출신이냐고 물었습니다."

"그게 이번 사건과 관련이 있나요? 아니면 로스쿨 출신이라 책임감이 없다 같은 말씀을 하려는 겁니까?"

"아뇨. 전혀요. 로스쿨 출신이라면 답은 나와 있거든요."

"무슨 답요?"

"변론을 그만둔 이유요."

“아니, 지금 저 무시하는 겁니까, 로스쿨 출신이라고?”

발끈하는 남자를 보면서 노형진은 다른 명함을 꺼냈다.

“제 다른 명함입니다.”

“무슨 명함을 두 개씩이나 가지고 다닙니까?”

“미다스의 한국 대리인을 하고 있지요. 제가 은행에 한번 전화해 볼까요?”

갑자기 남자의 얼굴이 딱딱하게 굳었다.

그리고 말을 하지 못했다.

“아니면 사실대로 말하시겠습니까? 제가 그쪽에 여기서 들었다는 이야기는 하지 않을 겁니다만.”

“끄응.”

그는 신음을 내더니 결국 주머니에서 담배를 꺼내서 입에 물었다.

“좀 피워도 되겠습니까?”

“네.”

“그러면 한 대만 피우겠습니다.”

말이 한 대지, 그는 연달아 세 개비를 피우고 나서야 깊은 한숨을 쉬었다.

“진짜 이야기하지 않는 거죠?”

“네.”

“……은행에서 연락이 왔습니다. 채권을 회수하겠다고요. 제 빚이 무려 2억입니다. 그거 회수 들어오면 저 망합니다.”

노형진은 고개를 끄덕거렸다.

예상했다는 듯 말이다.

"이유를 아는 건 어렵지 않았습니다. 그쪽에서 먼저 연락이 왔으니까요."

"그래서 변론을 그만뒀다?"

"네, 저도 열심히 하려고 하는 사람입니다만…… 제가 죽을 수는 없지 않습니까?"

"이해합니다."

노형진이 돈에 자꾸 목매는 이유.

그건 바로 이 남자처럼 당하지 않기 위해서가 아닌가?

돈이 없는 변호사는 외부의 공격에 저항하는 것이 쉽지 않다.

"그런데 어떻게 아셨습니까? 당연한 거였나요?"

"당연한 거였죠."

그의 변론 실력을 보면 절대 실력이 없는 게 아니다.

그리고 충분히 2심과 3심까지 싸울 만한 사람이다.

"그렇게 끌고 가고 싶지 않은 쪽에서는 당신을 잘라 내야 할 테니까요."

"끄응…… 그러면 제가 로스쿨 출신인 건……?"

"연수원 출신은 인맥이라는 게 있거든요. 어찌 되었건 연수원 출신은 선후배이니까요."

"끄응……."

즉, 자신에게 그런 식으로 압박을 가한다는 걸 알면 연수

원 출신의 선배들이 가만두고 보지는 않는다는 것이다.

"그리고 실력이 있으시던데. 연수원 출신이면 그 정도 실력이면 검사로 갔지 변호사로 시작하지는 않았을 겁니다."

그러면서 노형진은 주변을 돌아보았다.

"그런데 변호사로, 그것도 개인 변호사로 시작했다는 것은, 실력이 있는 로스쿨 출신인데 백이 없다는 뜻이죠."

만일 백이 있는 사람이었다면 이미 대형 로펌에서 데리고 갔을 것이다.

하지만 백이 없으니, 실력이 있다 한들 아무런 가치도 없었을 테고.

'로스쿨은 이미 망했지.'

노형진은 한숨을 푹 쉬며 생각했다.

현재의 로스쿨은 권력을 가진 자에게 주는 속도만 더 가속화했을 뿐이다.

"하아."

상대 변호사는 결국 한숨을 내쉬면서 인정할 수밖에 없었다.

"실력이 있다고 듣기는 했습니다. 전설적이라고요. 그런데…… 대단하시네요. 상황 하나만 보고 모든 걸 맞히시다니."

"현실은 뻔하니까요."

"맞습니다. 뻔하죠. 압니다. 하지만 어쩔 수 없었어요. 비겁해 보이겠지만……."

"아니요. 이해합니다. 사실 전화위복이라고 생각합니다."

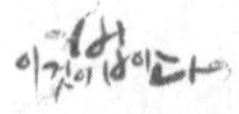

"네? 어째서요?"

"우연이기는 하지만 저희 새론으로 넘어왔으니까요."

새론에 왔다는 것.

그건 아무리 압력을 행사해도 더 이상 먹히지 않는다는 소리다.

"그리고 한 가지가 확실해졌거든요."

"뭐가 말입니까?"

"그 아줌마는 무죄라는 것 말입니다."

노형진은 주먹을 꽉 쥐며 말했다.

⚖

"무죄가 아니라면 그들이 압력을 행사할 리 없지."

노형진은 진지하게 말했다.

"거기에다 변호사에게 압력을 행사할 정도면, 판사나 검사에게도 압력이 들어갔을 거야. 사실상 답은 나와 있는 거지."

"그렇게까지? 아니, 자기들을 위해 20년이나 일해 준 사람이잖아!"

"그런 정이 있겠냐?"

사실 그 정도면 거의 한 가족이나 마찬가지다.

하지만 재벌 입장에서는 가족이 아니라 노예일 뿐이다.

"압력을 행사했다는 것 자체가, 아줌마가 죄가 없다는 증거야."

"확실히 이상하기는 하더군."

김성식도 고개를 끄덕거리면서 인정했다.

사건 자체가 이상하기는 했다.

"아줌마 말로는, 저녁에 다시 와서 일 봐 달라고 해서 일 봐준 것 말고는 특이 사항이 없다는 거야."

"어떤 일이었지요?"

"물건을 놓고 왔는데 그걸 가지고 와 달라고 했다더군. 사람을 보낼 테니 말이야."

노형진은 피식하고 웃었다.

"작심한 것 같군요."

"작심한 것 같다고?"

"다른 사람도 아니고 회장 일가입니다. 그런 자들이 물건을 놓고 왔다고 가정부를 다시 불러요? 그 아래에서 일하는 사람이 몇 명인데? 그 물건도 뭐, 업무에 필요한 서류라고 하지 않던가요? 그리고 제삼의 공간에서 자신들이 보낸 사람한테 주도록 했겠지요."

"정확하네. 자네는 구치소에 가 보지도 않았으면서 그걸 어떻게 다 알았나?"

"뻔한 변명 아닙니까?"

그런 물건이라면 비서를 보내서 가지고 오면 된다.

더군다나 그런 물건을 가지고 오게 할 거면, 굳이 바깥으로 가지고 나와서 제삼자에게 넘기도록 하지는 않는다.

바로 회사로 가지고 오도록 시키지.

"애초에 만들어진 함정인 겁니다."

그녀가 걸린 범죄는 특수 절도다.

일반 절도와 다른 점은 몇 가지 요건에 해당되어야 한다는 건데, 위험물을 가지고 있든가 아니면 두 명 이상이 움직여야 한다. 아니면 밤에 움직이든가 말이다.

"그리고 이 사건의 경우, 밤에 절도해서 특수 절도가 성립되었지요. 즉, 애초부터 작정하고 함정을 판 겁니다."

노형진이 봐서는 그랬다.

그렇지 않다면 이럴 이유가 없다.

"하지만 이해가 안 가는데. 어째서? 그럴 이유가 없잖아."

무려 20년이나 자신들을 위해 헌신한 사람이다.

그런 사람을 파멸시키기 위해 함정을 판다?

애초에 파멸시키는 것이 목적이었다면 거기까지 갈 필요도 없다.

"재벌이 복수하려고 한다면 그 피해자는 자살할걸."

"그러니까 말일세."

하지만 노형진은 알 것 같았다.

'미국에서도 이런 사건이 있었지.'

물론 그때는 회장의 목적이 좀 달랐다.

하지만 결과적으로 돈이 목적인 것은 같은 상태.

"아마 그 답은 세무사가 알지 싶은데요."

"세무사가?"

"그래, 소더비에 확인해 봐. 아마 답을 줄 거야."

노형진은 손채림을 보면서 차분하게 말했다.

"소더비에 확인해 봤어. 그런데 재미있는 말을 하더라."

"그래? 그건 이야기를 같이 들어야지."

노형진은 바로 김성식에게 연락했고, 김성식은 바로 사무실로 내려왔다.

그리고 함께 들은 정보는 생각보다 중요한 내용이었다.

"소더비에서는 구매자를 말할 수가 없다고 했어요, 익명이라고."

"익명? 하지만 조씨 일가는 그걸 자기네들이 샀다고 하지 않았나? 그런데 왜 거기서는 익명이라는 거지?"

"그게 범죄의 이유입니다."

"어째서?"

"익명이니까요."

소더비는 전 세계적인 경매 회사다.

그곳에서는 수많은 부자들이 물건을 산다.

그리고 그중 상당수는 익명으로 처리된다.

노형진이 전에 말한 것처럼 탈세를 목적으로 구입하는 경우가 많기 때문이다.

"하지만 세무사가 그 사실을 알게 된다면 이야기가 달라지죠."

"세무사가 그 사실을 알게 된다면…… 아아아아, 이런 개 같은 놈들."

손채림은 저도 모르게 욕을 하다가 움찔해서 슬쩍 김성식의 눈치를 보았다.

다행히(?) 김성식도 당장 욕을 퍼부을 것 같은 표정이었다.

"세금이 나오겠군."

"네, 그것도 어마어마하게 말이지요."

당장 사치품에 들어가니 그에 관련된 세금이 나올 것이다.

역사적 유물이라 해당되는 세금을 면제한다고 해도, 결국은 상속을 위해 몰래 산 건데 물건의 존재가 드러나 버렸으니 상속에 대한 세금을 내야 한다.

"그게 280억짜리 목걸이입니다. 상속세로 50%를 낸다고 하면 140억이지요."

기업의 주식이나 다른 채권이라면 그 가치를 장난쳐서 세금이라도 아낄 수 있겠는데, 이건 그게 안 된다.

소더비라는 곳에서 직접 주고 산 가치가 있으니까.

"그걸 감추기 위한 가장 좋은 방법은 그걸 잃어버리는 거지."

노형진은 한숨을 푹 쉬었다.

'이건 진짜 생각지도 못한 참신한 방법이네.'

물론 미국에서도 비슷한 사건은 있었다.

하지만 그건 어디까지나 망해 가는 부자가 돈을 빼돌리기 위해 한 짓이었지, 세금을 내지 않기 위해서 한 게 아니었다.

더군다나 그때는 피해자는 없었다.

도둑이 든 걸로 처리하긴 했지만 진짜 도둑은 없는 거였고, 한 명에게 뒤집어씌운 건 아니었다.

하지만 지금은 확실하게 한 명에게 죄를 뒤집어씌우고 있는 상황.

'그게 확실하기는 하지.'

호종그룹의 힘이면 죄를 뒤집어씌우는 건 일도 아닐 테고, 범죄자가 존재하는 이상 그걸 조씨 일가에게 달라고 하지는 않을 테니까.

"일단은 변론을 해 봐야지요."

노형진은 서류를 확인하면서 말했다.

"하지만 될는지는 잘 모르겠습니다."

"모르겠다라……."

노형진조차도 확답하지 못하는 사건의 난이도에, 김성식은 씁쓸한 미소를 지을 수밖에 없었다.

⚖

"피고인 고숙진은 피해자 조병호의 집에서 일하던 자로,

주로 가사 업무를 담당하던 가사도우미였습니다. 그러던 중 그는 피해자 조병호의 집에 고가의 보석인, 일명 '마리아의 눈물'이 들어오자…….”

검사는 1심과 마찬가지로 적극적으로 이쪽을 공격했다.

사건 기록과 행동 그리고 그 결과까지 똑같았다.

“하긴, 똑같겠지.”

그들 입장에서는 1심과 다를 게 하나도 없다.

당연하다면 당연한 거다.

1심에서 이미 법정 최고 형량이 나왔으니까.

'그리고 내 예상이 맞는다면 따로 준비할 필요가 없지.'

이미 검사와 판사는 다 짜고 치는 고스톱일 테니 말이다.

“하여 그날 야간에 집으로 가서 문을 열고 자택에 들어가 해당 물품을 가지고 와서 제삼자에게 넘겼습니다. 그 증거로 해당 CCTV를 제출하는 바입니다.”

집에 들어가는 영상.

그리고 뭔가를 꺼내 오는 영상.

거기에다 제삼자에게 건네는 장면까지 완벽하게 찍혀 있는 세 개의 영상은, 누가 봐도 고숙진이 범인이라는 것을 입증하고 있었다.

“아이고! 재판장님! 저는 아니어요! 전 진짜로 아무것도 안 했어요!”

“피고인 측, 그럴 거면 증거를 대라고요, 증거를.”

"저는 그걸 가지고 오라는 말만 들었어요!"

"그러니까 그게 말이 되느냐고요. 피해자가 뭐가 아쉬워서 그걸 따로 빼 오라고 합니까? 거기에다 왜 제삼자에게 넘겨줘요!"

"저는 회장님이 그러라고 하니까……."

"그러니까 그런 증거가 없지 않습니까? 회장님이 시켰다는 증거가!"

"직접 전화로……."

"그러니까 직접 전화를 했다는 그 시간에 회장님은 회의 중이었어요. 이미 확인했습니다."

치밀하게 준비된 함정이다.

'전 변호사는 전화번호를 파고들었지.'

아줌마는 회장의 집 전화로 전화를 받았다고 한다.

회장의 집 전화로 전화가 온 데다 목소리가 회장 목소리이니, 당연하게도 의심하지 않을 수밖에.

'하지만 번호를 조작하는 건 일도 아니지.'

회장의 목소리도 녹음해 두면 어려운 일이 아니다.

그렇다면 질문을 할 수 있을까?

그게 가능할 리 없다.

그는 호종그룹의 회장이다.

'왜요?'라는 질문이 먹힐 수 있는 상대가 아니다.

아니, 그런 질문을 하는 순간 바로 해직당한다.

20년간 일한 고숙진은 그 사실을 잘 안다.

그러니 '네.'라고 대답하는 수밖에 없었고 말이다.

'당연하게도 녹음 기록 같은 건 없지.'

일반적으로 20년이나 일했는데 일개 가정부에게 함정을 파는 사람은 없으니까.

"진짜예요! 전 억울합니다, 재판장님!"

노형진은 울고 있는 고숙진을 진정시키면서 앞으로 나섰다.

변호사는 자신이다.

그러니 변론도 자신이 해야 한다.

'전화번호같이 뻔한 것은 의미가 없다. CCTV도 의미는 없어.'

그들은 철저하게 함정을 파 놨다.

그런 만큼 일반적으로 의심하는 방향으로 가면 방어는 철저할 것이다.

"재판장님, 피고인 고숙진은 해당 물품에 대해 알지 못한다는 것을 감안하여 주시기 바랍니다."

"그 점이 말이 안 되지 않습니까? 증거가 다 있는데 말이지요."

"네, 증거가 다 있지요. 들어가는 장면, 나오는 장면 모두 찍혀 있습니다."

노형진은 고개를 끄덕거렸다.

"그래서 저는 피고인이 사건을 저지르지 않았다고 주장하는 바입니다."

"그게 말이나 됩니까? 증거가 있는데 그게 저지르지 않았다는 증거라니."

"재판장님, 아까 검찰 측이 제출한 증거 중 현장의 증거를 봐 주시기 바랍니다."

노형진이 확인해 보고자 한 영상은 현관에 있는 CCTV였다.

"이 시간에 들어가는 것을 잘 봐 주시기 바랍니다. 그리고 나오는 시간 역시 잘 봐 주시기 바랍니다. 들어가는 시간은 밤 10시 20분, 나온 시간은 20분 뒤인 10시 40분입니다."

"그래서요? 재빠르게 훔쳐서 나온 것 아닙니까?"

노형진은 고개를 끄덕거렸다.

보통은 그렇다.

"일반적인 현금이었다면 이해가 갑니다. 하지만 절도품은 시가 280억짜리 물품입니다. 일반적으로 그런 걸 책상에 두지는 않지 않습니까?"

"뭐요?"

"재판장님, 여기 참고 자료를 제출하는 바입니다. 해당 건물의 도면입니다."

건물의 도면이라는 말에 다들 어리둥절했다.

절도 사건에 도면을 내놓는 건 이해가 가지 않았기 때문이다.

물론 벽을 허물고 하는 거창한 절도라면 모를까.

그러나 노형진이 도면을 내놓은 데는 이유가 있었다.

'회장님의 자택이란 말이지.'

그냥 일반인의 집도 아니고 거대 그룹 회장의 집이다.

그 집이 30~40평일까?

그럴 리 없다.

"이 도면에 따르면, 이 정원을 가로지르는 데 2분 정도 걸립니다. 그 후에 1분 정도의 시간이 걸려서 번호 키를 열어야 집에 들어갈 수 있습니다. 그리고 그 집의 어디에 그 물건이 있었는지는 확실하게 알아봐야겠지만, 일반적으로 그 정도 고가의 물건을 거실에 두지는 않을 테니 결국 가장 가능성이 높은 곳은 바로 저택의 주인인 조병호 씨의 안방일 것입니다. 그곳은 3층에 있으며, 바로 올라간다고 해도 최소 5분 정도의 시간이 걸립니다. 즉, 가장 빠르게 움직인다고 해도 8분 정도의 시간이 걸린다는 뜻입니다. 왕복으로 따지면 대략 16분입니다."

"그런데요?"

"그런데 문제는 그 금고의 존재입니다. 아까도 말씀드렸다시피 280억짜리 물건을 책상에 두지는 않았을 테고 금고에 뒀을 텐데, 그 금고를 4분 안에 열고 가지고 온다고요? 그게 가능하다고 생각하십니까?"

왕복하는 데에 걸린 시간은 고작 20분.

하지만 그 정도 시간이 나올 수가 없다.

더군다나 고숙진의 나이가 적은 게 아니라서 빨리 움직이는 것은 불가능하다.

"그…… 그건, 피고인 고숙진이 무리해서 뛰는 경우는 가능합니다!"

"하지만 피고인 고숙진은 고관절 수술을 했습니다. 즉, 뛰고 싶어도 뛸 수가 없는 상황이라는 거죠."

"잠깐 정도는 통증을 참고 뛸 수 있는 게 사람입니다."

"그래요?"

노형진은 피식 웃었다.

물론 그럴 수는 있다.

'저게 무슨 검사야, 재벌 변호사지.'

어떻게 해서든 고숙진에게 죄를 뒤집어씌우려고 하는 검사를 보면서 노형진은 속으로 혀를 끌끌 찰 수밖에 없었다.

"재판장님, 여기서 한 가지 시연을 해 보고자 합니다."

"시연?"

"그렇습니다. 아시다시피 피고인 고숙진은 해당 사건이 벌어진 자택에서 근무를 했습니다. 이에 저희는 피고인에게 문의하여 해당 자택에 설치된 금고의 종류를 확인했습니다."

그 정도 되는 회장의 저택이라면 금고가 있는 게 당연하다.

그것도 작은 금고가 아니라 대형 금고가 말이다.

"그 결과, 그 금고가 독일에서 제작된 금고라는 것이 밝혀졌습니다. 무게는 800킬로그램으로, 완전 방화 방수 기능을 가지고 있습니다. 참고 자료로서 해당 금고의 스펙을 제출하는 바입니다."

"으음."

금고 이야기까지 나오자 눈에 띄게 당황하는 판사.

설마 금고를 걸고넘어질 줄은 몰랐을 것이다.

"저는 그 금고에 대해 잘 모르기 때문에 전문가를 동행하여 해당 금고의 오픈 영상을 찍어 왔습니다. 봐 주시기 바랍니다."

노형진이 영상을 틀자 한 남자가 금고에 다가가는 것이 보였다.

노형진은 그 금고를 가리키면서 차분하게 말을 이어 갔다.

"해당 금고는 동종의 금고입니다. 연식 자체는 다르겠지만 잠금장치 자체는 동일합니다."

일단 남자는 금고로 다가가서 커다란 열쇠를 꺼내 들었다.

그리고 그 열쇠를 본 사람들의 눈이 똥그래졌다.

"뭔 열쇠가……?"

현대의 열쇠라고 하면 작은 것이 보통이다.

그런데 그 금고의 열쇠는 조선 시대 곳간 열쇠라고 해도 믿을 정도로 크고 투박했다.

심지어 열쇠의 핵심인 톱니 부분조차 아주 단순하기 그지없었다.

"무슨 열쇠가 이렇습니까?"

판사의 말에 노형진은 차분하게 설명했다.

"안 그래도 말씀드리려고 했습니다. 이 열쇠는 다른 열쇠와 다릅니다. 전자 키와 기존 열쇠를 합한 형태로, 저 톱니 부분도 정교하게 맞아야 하지만 저 기둥이 되는 쇠 부분에 전자 키가 함께 들어 있습니다. 즉, 두 가지 다 맞아야 문이 열린다는 뜻입니다. 그리고 저 전자 키는 일반적인 업체에서 복제가 불가능하며, 저희가 알아본 바로는 한국에 저 전자 키를 복제할 수 있는 장비가 있는 곳은 없습니다. 보통 두 개의 열쇠를 지급하는데, 둘 중 하나라도 잃어버릴 경우에는 복제를 하기 위해 독일의 본사까지 가야 한다고 합니다."

그러는 사이 남자는 열쇠를 넣고 돌렸다.

그리고 옆에 있는 패널을 열고 거기에 있는 버튼으로 비밀번호를 입력했다.

"보다시피 열쇠는 진짜 문을 여는 게 아니라 해당 비밀번호 패널을 여는 용도입니다. 그런데 패널을 열고 나서도 끝이 아닙니다. 아, 저 비밀번호는 촬영을 위해 임시로 설정한 것으로, 저 금고는 최대 열여섯 자리의 비밀번호를 설정할 수 있습니다."

비밀번호를 전부 입력한 남자는 그 옆에 있는 지문 인식 장비에 지문을 인식했다.

그리고 제법 커다란 문을 당겨서 그 금고를 열었다.

"보다시피 여는 데 걸린 시간은 딱 4분 38초입니다. 여기서 중요한 것은, 지금 이 문을 열었던 주인은 비밀번호도, 전자식 열쇠도 다 가지고 있었다는 것입니다."

"으으음……."

검사는 눈을 데굴데굴 굴렸다.

생각보다 금고를 여는 데 오래 걸린다.

당연하게도 이런 빡빡한 시간 내에 절도를 한다는 것은 전문가들도 쉽지 않은 일이다.

"재판장님, 피고인이 서둘러서 뛰었다면 여분의 시간을 벌 수 있었을 겁니다."

검사는 애써 항변을 했다.

그리고 노형진이 노리는 게 바로 그것이었다.

"물론 피고인 측이 뛰면 그 여분의 시간을 벌 수 있습니다."

노형진이 피고인이 아니라 검사 측을 편들어 주자 이상한 눈길로 바라보는 사람들.

"하지만 검사 측은 그 증거를 내놓지 않았습니다. 당장 저 금고를 열기 위한 열쇠도 증거로 제출하지 않았고, 해당 비밀번호를 어떻게 알았는지도 인정하지 않았습니다. 그리고 등록된 지문을 어떻게 얻었는지도 말입니다."

"크흠."

"물론 모든 것은 가능합니다. 금고 제작사의 말에 따르면, 열쇠를 복제한 기록은 없다고 했습니다."

노형진의 반박에 검사는 강하게 항변했다.

"그건 그 열쇠를 공식적으로 복제할 수 있는 사람이 없다는 것이겠지요. 피고인 측 주장은 그렇지만, 애초에 그걸 복제해 주는 불법 업체가 없으리라는 법이 없지 않습니까? 업체가 없다는 건 공식적인 거 아닙니까?"

"그건 그렇지요."

노형진은 고개를 끄덕거렸다.

물론 돈만 된다면 몰래 해 주는 놈은 있다.

하지만 그건 그들에게도 돈이 될 때의 이야기다.

'아주 그냥 재벌님 다칠까 봐 벌벌 떠는 거 봐라. 왜 검사를 했니, 변호사 하지.'

노형진은 속으로 혀를 끌끌 찼다.

하지만 그냥 당할 생각은 없었다.

"참고로 말씀드리자면, 저 열쇠의 복제용 프로그램은 18억입니다."

"크흠, 그것도 불법 복제를 했겠지요."

"그래요?"

노형진은 고개를 갸웃했다.

"그러니까 도둑질을 하기 위해서는 18억짜리 복제 프로그램을 또 복제하고, 그 복제 방지를 깨기 위한 해킹 전문가도 고용해야 할 뿐만 아니라 비밀번호도 알아내야 한다는 건데, 금고 회사 측의 주장에 따르면 해당 비밀번호를 현재 운영 중인 최신 프로그램으로 깨려고 한다고 할지라도 두 시간이 걸린다고 합니다. 아, 그리고 그 비밀번호 프로그램을 연결

하기 위해 접지 패널을 뜯어내면 특수 장비가 깨지면서 아예 입구가 봉쇄되기 때문에, 알려진 기술로 그 접지 패널을 열기 위해서는 최소한 한 시간 반의 작업이 필요하다고 합니다. 그 후에 힘들게 복제한 지문을 가지고 해당 문을 열어야 합니다. 아, 그런데 그 전에, 회장이 회사의 금고에 보관하고 있는 열쇠나 혹은 어디에 있는지 모르는 열쇠를 복제하는 것부터 해야 하는군요."

노형진은 그렇게 말하면서 머리를 긁적거렸다.

"재판장님, 일이 이쯤 되면 20년간 일한 나이 많은 가정부가 아닌 톰 베싱어를 의심하는 게 더 빠를 것 같습니다만."

"큭큭."

뒤에서 듣고 있던 손채림은 자신도 모르게 웃었다.

톰 베싱어. 아주 인기 있는 첩보 영화의 주연배우다.

노형진은 일이 이쯤 되면 사실상 특수 절도를 넘어서 무슨 첩보전이 되어야 한다며 비꼰 것이다.

"크흠……."

검사는 할 말이 없었다.

자신이 봐도 그러니까.

"거기에다 다른 문제도 있습니다."

"다른 문제?"

"거기에 다른 금고가 있을 수 있으니까요."

부자들은 이렇게 보이는 곳에 있는 커다란 금고에는 중요

물품을 넣지 않는다.

아니, 넣는다고 해도 지극히 합법적인 물품만 넣는다.

'탈세를 위해 익명으로 산 물건을 넣어 두지는 않지.'

대부분의 재벌은 비밀 금고가 있다.

심지어 모 재벌은 나중에 비밀 금고를 넘어서 아예 비밀의 방을 가지고 있다가 걸리지 않았던가?

물론 그 안에 들어 있는 돈 되는 물건은 다 빼돌린 후였지만.

"그런 의미에서……."

노형진은 씩 웃으며 검사와 판사를 바라보았다.

그들이 이쪽 편을 들어 주지 않는다는 것쯤은 매우 잘 알고 있었다.

"현장검증을 요구하는 바입니다."

검사와 판사의 얼굴이 딱딱하게 굳어지기 시작했다.

"현장검증이라는 말이 그렇게 무서운가?"

손채림은 고개를 갸웃했다.

현장검증.

말 그대로 현장에서, 사건이 어떤 식으로 벌어졌는지 재연해 보는 행사.

"보통 현장검증은 일종의 쇼야."

검찰 측에서 요구해서, 기자들을 싹 불러 두고 검증하며 '이놈이 이렇게 나쁜 놈입니다.'라고 하는, 일종의 실적 자랑이 바로 현장검증이다.

"일반적으로 현장검증의 의미는 현장에서 이게 가능하냐 불가능하느냐를 따지는 건데, 검찰은 확실하지 않으면 안 하니까. 그리고 보통 현장검증은 강력 범죄에 많이 하니까 당연히 절도는 보통 안 하지."

"받아들일까?"

"안 받아들일걸. 우리가 요구한다고 해서 판사가 받아들일 수 있는 것도 아니고."

엄밀하게 말하면 현장검증을 요구할 수 있는 권한은 검사에게만 있다.

검사가 판사에게 요청해서 하는 것인데, 노형진은 변호사다.

즉, 판사에게 언급은 할 수 있을지언정 검사가 직접 신청을 하지 않는다면 이쪽에서는 아무런 것도 할 수가 없다.

"애초에 현장검증에서 새롭게 밝혀지는 건 없어. 아니, 밝혀지면 안 돼. 그러니까 할 수가 없는 거지."

"그게 무슨 소리야?"

"진짜로 이 현장검증을 해 봐. 아마 고숙진 씨를 질질 끌고 다니지 않는 이상 시간 내에 터는 건 불가능할걸."

그리고 그걸 본 노형진이 가만히 있을 것도 아니고 말이다.

"또 내가 말했다시피 비밀 금고의 가능성도 존재해. 즉,

현장검증을 하다 보면 운이 나쁘면 비밀 금고를 찾아낼 수가 있다는 건데, 정식 형사사건을 수사 중인 만큼 거기를 개봉하지 않을 수가 없거든."

즉, 까딱 잘못하면 호종그룹과 조병호 일가의 치부가 터져 나올 수도 있다는 것이다.

"그런 현장검증을 받아들일 리가 없겠지."

"그리고 그것 자체가 그쪽에서 감추는 게 있다는 의미고?"

"맞아."

진짜 걸리는 게 없다면 그들이 딱히 이상하게 행동할 이유는 없다.

"그럼 앞으로 어떻게 나올까?"

"아마 그쪽에서는 진술을 좀 바꾸겠지. 깜빡하고 280억짜리를 책상에 놔뒀다거나 하는 식으로 말이야."

"상식적으로 그게 말이나 돼?"

"상식적인 재판은 아니잖아."

이미 답이 정해져 있는 재판이다.

그리고 그들은 거기에 맞춰서 생각할 뿐.

"사실 이 재판은 법원에서 끝낼 수 있는 사건이 아니야. 그들을 믿으면 질 수밖에 없는 사건이지."

"그러면 어쩌지?"

"결국 우리가 움직여야지."

그리고 사건을 뒤집는 것이 노형진의 목표였다.

세상에 믿을 놈은 없다지

얼마 후 검찰은 노형진의 예상대로 일부 내용을 변경했다.

"조병호 측은 해당 목걸이를 깜빡하고 책상에 놓아둔 상태에서 외출을 했다고 합니다. 피고인 고숙진은 몰래 들어가서 그걸 절취한 것이 분명합니다."

노형진은 공소장 내용의 일부를 바꾸는 검사를 보면서 혀를 끌끌 찼다.

'넌 작가는 못 하겠다.'

전제 조건이 바뀌면 뒤쪽 내용도 바뀐다.

뒤쪽 내용이 바뀌면 사건의 양상은 전혀 달라진다.

그런데 그는 그걸 생각하지 않고 그냥 사건에 맞춰서 내용을 일부 수정한 것이다.

"피고인 측, 변론하세요."

판사의 말에 노형진은 앞으로 나서서 그에게 물었다.

"그러니까 검사는 그게 우연히 책상에 있었다고 하는 거죠?"

"네."

"그런데 우연히 거기에 놓여 있었는데, 고숙진 씨가 그걸 알고 절도할 생각으로 들어갔다?"

검사는 아차 싶었다. 단순히 우연히 거기에 있었다는 말로 설명하기에는 상황이 말이 안 되기 때문이다.

"사건 기록에 따르면, 그 당시 절도를 계획하고 외부에서 사람을 만났다고 하지 않았던가요?"

"전화를 해서 약속을 바꾸었겠지요."

"그래서 그 전화 내역은 확인했습니까?"

"대포폰으로 했을 거라 예상합니다."

"예상일 뿐이지 증거는 없지 않습니까?"

모든 설정을 계획범죄로 짜 둔 상황에서 갑자기 상황이 돌변해 버리니 어쩔 줄 모르는 검사.

노형진은 그걸 보고 씁쓸하게 웃었다.

'상대방이 거물이었으면 이런 일은 벌어지지 않았겠지.'

죄를 뒤집어씌우지 않는다는 게 아니다.

거물이면 죄를 뒤집어씌우기 위해 아주 치밀하게 함정을 만들었을 거라는 뜻이다.

하지만 상대방이 만만하니 대충 처리했을 것이다.

검찰과 법원이 알아서 죄를 뒤집어씌워 줄 테니까.

"재판장님, 이번 사건은 애초에 전제 조건부터 잘못된 것입니다. 피고인 고숙진 씨가 그 시간에 들어갔다는 것은 카메라로 증명할 수 있지만, 어떤 식으로 절취되었는지 어떤 식으로 해당 물품이 판매되었는지, 검찰 측은 아무런 증거도 제출하지 못하고 있습니다."

판사도 그런 노형진의 항변에 뭐라고 할 수가 없었다.

이번 사건의 전제 조건 자체가 전혀 잘못되었으니까.

'이런 건 청계의 주특기였지.'

아마 조병호는 과거에는 함정을 팔 때 청계에 맡겼을 것이다.

하지만 청계가 무너지면서 직접 함정을 파려고 하다가 큰 실수를 한 것이 분명했다.

결국 보다 못한 판사는 검찰 측에 단호하게 선을 그었다.

"검찰 측, 제대로 수사해서 제대로 올리세요."

"네. 알겠습니다, 판사님."

"그러면 수사가 제대로 진행될 때까지 본 재판은 휴정하겠습니다. 다음 기일은 추후 통지하겠습니다."

그걸 보면서 노형진은 씁쓸한 미소를 지을 수밖에 없었다.

⚖

"답은 나와 있는 것 같더군."

"그렇지요?"

재판이 끝난 후에 김성식은 딱딱한 얼굴로 말했고, 노형진은 거기에 수긍했다.

손채림은 그 말이 이해가 가지 않았다.

"제대로 수사하라고 했잖아요? 그런데 그게 무슨 답이 나와 있는 거예요?"

"제대로 수사하라고 했으니까 답은 나와 있는 거야. 일반적인 경우라면 제대로 수사하라고 하는 게 아니라 무죄로 풀어 줬겠지."

"아하!"

하지만 판사는 무죄를 선고하는 대신에, 검사에게 다시 조사해서 제출하라고 했다.

"다음번에는 우리가 깰 수 없는 확실한 증거를 짜 맞춰서 오라는 의미야."

"어? 그러면 어떻게 해? 다시 재판에 들어가야 하나?"

"글쎄……."

노형진은 입맛을 다셨다.

아무리 그라고 해도 재판부가 이미 답을 정해 두고 거기에 맞춰서 사건을 보는데 그걸 뒤집는 건 힘들다.

"판사를 협박한다거나 하는 건 안 되나?"

"무슨 그런 소리를 해? 누가 보면 내가 매일 그러는 줄 알겠다."

"허? 안 한다고?"

"안 하는 건 아니고…… 매일 그러진 않는다는 거지."

슬쩍 시선을 돌리는 노형진.

그런 노형진 대신에 김성식이 대답을 해 줬다.

"손채림 양, 그런 게 가능했다면 내가 벌써 압력을 넣었을 겁니다. 하지만 상대방은 다른 사람도 아닌 조병호입니다. 호종그룹의 회장이지요. 우리가 보복 운운한다고 한들 그만하겠습니까?"

"아……."

노형진이 미다스의 대리인이라는 타이틀을 가지고 있지만, 그건 어디까지나 간접적인 능력이다.

그에 반해 조병호는 아니다.

그가 나서서 '저 새끼 죽여.'라고 말 한마디만 하면 판사 하나 정도는 한 달 내에 자살하게 만들 수 있다.

"협박도 결국은 비슷하거나 한쪽이 강해야 먹혀. 그런데 우리는 이 사건에서 약자야."

"새론의 이름으로도?"

"도리어 새론의 이름이니까 더 약한 거야. 우리는 불법적인 일을 하는 데 한계가 있으니까."

"끄응."

바른 기업이라는 이미지는 여러모로 약점이 되기도 한다.

사람들이 믿어 주기도 하지만, 또 나쁜 행동을 하기에도 브레이크가 걸리니까.

"우리가 어떤 식으로 답을 내놔도 이번 사건은 못 이길 것 같군."

김성식은 인정할 수밖에 없었다.

답은 정해졌고, 자신들이 할 수 있는 것은 없다는 걸.

"어쩌겠나? 자네가 끝까지 가 보겠나, 아니면 여기서 멈추겠나?"

"멈추면 아마 국선이 붙겠지요."

"그러겠지."

그리고 그는 제대로 된 변론을 하지 않을 테고, 고숙진은 10년간 감옥에 갈 것이며, 조병호는 막대한 상속세를 아끼게 될 것이다.

'그렇게 되도록 둘 수는 없지.'

더군다나 아예 방법이 없는 것은 아니다.

사실 방법이 있기는 했다.

다만 준비할 시간이 좀 걸릴 뿐.

그래서 지금까지 질 걸 뻔하게 알면서도 재판을 한 것이고.

"사실 방법이 있기는 합니다."

"방법이 있다고?"

"네, 지금까지는 비밀이었지만 일단…… 같이 가 주시죠. 안 그래도 그쪽에서 준비가 끝났다고 연락이 왔으니까요."

"준비가 끝났다?"

"네."

노형진은 두 사람을 데리고 어디론가 향했다.

노형진이 음침한 골목을 지나서 아주 작은 컴컴한 건물 안으로 들어가자 두 사람은 어리둥절할 수밖에 없었다.

"이곳에서 무슨 준비를 한단 말인가? 탈옥이라도 시킬 생각인 건가?"

"그건 아닙니다. 탈옥을 시킬 거였다면 이런 곳에 오지 않죠. 다만 비밀리에 준비할 것이 있어서 여기에 온 겁니다."

"여기가 뭐 하는 곳인데?"

"짝퉁의 전당 같은 곳이지."

"짝퉁의 전당?"

어리둥절하던 손채림은 문득 책상에 있는 물건을 보고 입을 쩍 벌렸다.

"저거 다이아몬드 아니야?"

족히 2캐럿은 되어 보이는 다이아몬드가 박혀 있는 최고급 반지가 책상을 굴러다니는 것을 본 그녀는 눈이 휘둥그레졌다.

그뿐만이 아니었다.

다른 책상에도 보석들이 마구 굴러다니고 있었다.

"다이아몬드라……. 뭐, 그렇게 보이기는 하지."

"엥? 다이아몬드가 아니라고?"

아무리 봐도 최고급 다이아몬드 반지인데 다이아가 아니

라니?

반면 김성식은 검사 출신답게 그게 뭔지 바로 알아차렸다.

"큐빅이로군."

"큐빅요?"

"그래. 전문가들은 산화지르코늄이라고 하지."

가장 대중적인 가짜 다이아몬드다.

물론 제대로 검사를 한다면 어렵지 않게 찾아낼 수 있어서, 널리 알려진 지금에 와서는 그다지 가치가 있는 것은 아니다.

처음 만들어졌을 때는 사기가 어마어마했으니까.

"큐빅 공방이로군."

"아하!"

그제야 손채림은 주변을 둘러보았다.

사람들이 저마다 자리에서 반지나 목걸이를 만드는 모습.

만일 진짜 다이아몬드였다면 이런 식으로 부주의하게 두고 다니지는 않았을 것이다.

"그런데 여기에 왜 온 건가? 의미가 없는 것 같은데."

큐빅이라고 하면 가짜다.

여기서 가짜를 만들어서 준다고 한들 그들이 넘어갈 리 없다.

"제가 왜 왔냐 하면……."

"오셨습니까?"

노형진이 말하려고 하는 찰나 사장이 사장실에서 나오면

서 반색했다.

“아, 좀 늦었지요?”

“아닙니다. 들어오시죠, 여기서 길게 이야기할 건 아니니.”

노형진은 고개를 끄덕거렸고, 세 사람은 사장을 따라 안으로 들어갔다.

사장은 문을 잠그고는 자신의 금고를 열기 시작했다.

“쉽지 않았습니다. 사진이 있어서 다행이기는 했습니다만.”

“사진?”

“뭐가 쉽지 않았단 말인가?”

두 사람이 어리둥절한 사이 네모난 상자를 꺼낸 사장은 그걸 조심스럽게 열었는데, 손채림은 상자 안의 물건을 보고 경악을 금치 못했다.

“이건 마리아의 눈물이잖아!”

사진으로 수십 번도 더 본 마리아의 눈물. 그게 눈앞에 떡하니 놓여 있었다.

“아니, 이게 왜 여기에 있는 건가? 진짜로 훔친 거였나?”

“그럴 리가요.”

노형진은 두 사람의 반응을 보면서 미소 지었다.

예상대로였으니까.

하긴, 그가 봐도 아주 정교하기는 하다.

“이건 가짜입니다.”

“가짜?”

"네, 사진이 있어서 다행히 복제할 수 있었지요."

"가짜라고? 아무리 가짜라고 해도 이 정도의 물건을 만들려면 장난 아니었을 텐데?"

사장이 손을 휘휘 저었다.

"아이고, 말도 마십시오. 다른 사람들이 없을 때 몰래 작업하느라고 죽는 줄 알았습니다. 며칠이나 걸렸는데요. 사실 이런 건 사기에 쓰일 가능성이 있어서 조심해야 하는데, 좋은 일에 쓰일 게 아니었다면 저도 만들지 않았을 겁니다."

"좋은 일?"

어리둥절한 두 사람에게 노형진은 계획을 말해 줬다.

"공식적으로 조병호는 마리아의 눈물을 잃어버렸다고 주장하고 있습니다."

"그렇지."

"하지만 마리아의 눈물을 잃어버린 게 아니라는 건 우리도 알지요."

"거기까지는 이해했네."

"그런데 마리아의 눈물이 시장에 나온다면 어떤 일이 벌어질까요?"

"하지만 그걸 훔친 적이 없잖아."

그게 바깥으로 나오기라도 했으면 그런 작전이 가능하다.

"맞아. 훔친 적이 없지. 하지만 옮겨지기는 했을 거야."

"응?"

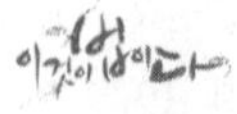

"내가 전에 현장검증 요청한 거 기억해?"

"기억하지."

노형진은 재판부에 절도는 불가능하다고 하면서 현장검증을 요구했다.

사실 그걸 들어주지 않을 거라는 것쯤은 알고 있었다.

그럼에도 불구하고 노형진은 계속해서 현장검증을 요구하고 있는 상황이다.

"이쪽에서 훔치지 않았다는 것을 알고 있다는 걸 저들도 예측하고 있어. 그리고 우리가 그걸 까발리기 위해 노력한다는 것도."

"그거야 어렵지 않지."

김성식은 고개를 끄덕거렸다.

그가 조병호라고 할지라도 마리아의 눈물을 계속 집 안에 두지는 않을 것이다.

노형진이 어떤 식으로든 그걸 찾으려고 할 테니까.

"결국 그걸 누군가가 옮겨야 한다는 거지. 그렇다면 과연 조병호가 옮길까?"

"아하!"

손채림은 노형진이 노리는 게 뭔지 알아차렸다.

"조병호와 그 일가쯤 되면 스물네 시간 사람이 붙어 다니지. 자네 말이 맞군. 그들이 옮길 수 있는 건 아니야. 누군가가 중간에서 옮겨야 하지."

"맞습니다. 그리고 그 과정에서 사고가 있을 수가 있겠지요."

노형진은 씩 웃으면 가짜 마리아의 눈물을 들어 올렸다.

"만일 가짜와 진짜가 바뀌었다, 그래서 진짜는 시장에 매물로 나왔다……고 한다면 조병호는 어떤 식으로 반응할까요?"

"추적하겠군."

"찾아야 하니까요."

물론 그게 가짜인지 진짜인지 알 수는 없다.

"확실한 건, 조병호라는 인간은 남에 대한 믿음이 없는 놈이라는 거죠."

자신의 가족을 위해 20년이나 일한 고숙진을 함정을 파서 파멸시키려고 덤벼드는 인간이다.

그런 인간에게 과연 남에 대한 믿음이라는 것이 있을까?

그럴 리 없다.

즉, 마리아의 눈물이 시장에 나왔다는 이야기를 들으면 당연하게도 그 배달을 한 누군가를 의심하게 될 것이다.

"그런데 가짜는 왜 만든 거야? 소문을 퍼트리는 거야 어렵지 않잖아."

"사진을 도용할 수는 없으니까. 진짜로 시장에 매물로 나왔다는 의심을 받게 하기 위해서는 실물의 사진이 필요해."

이런 가짜라면 충분히 그 노릇을 할 수 있다.

"그리고 그런 소문이 돌면 경찰이 수사를 하지 않을 수가 없겠지."

지금은 고숙진에게 모든 죄가 뒤집어씌워져 있기 때문에 경찰은 제대로 된 수사를 하지 않았다.

하지만 매물이 시중에 나왔다면 그건 전혀 다른 문제다.

"조병호라고 해도 조사를 막을 수는 없겠지."

도리어 조사를 막는 것 자체가 의심을 사게 될 테니까.

"조병호의 성격을 생각하면, 어떻게 해서든 실물을 찾아서 확인하려고 하겠군."

"네, 그리고 그걸 해결할 방법은 배달을 한 배달부를 족치는 거죠."

그렇게 그들이 누군지 알아낼 수 있다면, 그 흐름을 추적할 수 있을 것이다.

"하지만 그 배달부가 누군지 모르잖아."

"대충 알 것 같군."

김성식은 고개를 끄덕거렸다.

"대부분의 재벌가에는 더러운 일을 해 주는 사람들이 존재하지. 아예 부서로 존재하는 경우도 있고. 호종그룹은 오너의 뒷수습을 전문적으로 하는 부서가 아예 따로 있는 걸로 알고 있네. 아마도 그들 중 한 명이겠지."

"그리고 그런 곳은 대부분 사람이 많지 않은 편이지요."

사람이 많다는 건 비밀이 새어 나갈 가능성도 커진다는 뜻이다.

따라서 그런 곳에 속한 사람의 수는 많아 봐야 열 명.

하지만 그 대신에 그들이 가진 권력은 어마어마하다.

"그들을 감시하는 건 어려운 게 아니지요, 후후후."

⚖

조병호는 비서에게서 생각지도 못한 보고가 들어오자 되물을 수밖에 없었다.

"내 물건이 시중에 돈다고?"

"그렇습니다, 회장님. 마리아의 눈물을 조용히 판매하려고 하는 움직임이 포착되었습니다."

"무슨 말도 안 되는 소리야? 마리아의 눈물은 나한테 있잖아!"

"저도 그래서 조용히 추적을 했습니다만, 심상치 않습니다."

"심상치 않다니?"

"사진이 돌고 있습니다."

"사진이라고?"

"여기에……."

비서가 건네준 사진을 본 조병호는 손이 부들부들 떨렸다.

마리아의 눈물이 떡하니 찍혀 있었던 것이다.

그런데 지금까지 알려진 사진이거나 자신들이 찍은 사진이 아니다.

아무리 봐도 새로 찍은 사진이다.

증명이라도 하듯 아래에 깔려 있는 신문이 최근 신문이다.

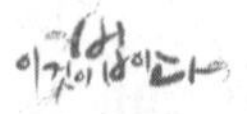

"이게…… 진짜라고?"

"네. 구매자를 찾고 있습니다. 가격은 230을 이야기하더군요."

"이런 미친."

말도 안 된다.

마리아의 눈물은 자신에게 있다.

자신이 그걸 얼마나 잘 감춰 놨는데 이런 사진이 돈단 말인가?

"도대체 어디서 돌고 있는 거지?"

"지라시를 통해 소문이 돌고 있습니다. 그리고 다른 소문에 따르면, 몇 달 전에 가짜 마리아의 눈물을 만들어 달라는 부탁을 하고 다닌 사람이 있었답니다."

뿌드득!

조병호는 이를 갈았다.

그 말은, 그가 가진 물건이 가짜일 수도 있다는 뜻이기 때문이다.

"그래서 누가 만들어 줬는지 알아냈나?"

"알아내지 못했습니다."

가짜를 만들어 줬다, 또는 가짜를 만들었다더라 하는 유형의 소문과, 가짜를 만들어 달라는 소문이 있었다더라 하는 유형의 소문은 전혀 다른 것이다.

전자는 진짜로 누군가 만들었다는 의미인 반면 후자는 소문의 소문일 뿐이니까.

당연하게도 후자는 떠들어도 아무런 처벌도, 피해도 없다.

노형진은 그걸 예상하고 가짜를 만들었다는 소문이 아니라 가짜를 만들어 달라고 하는 젊은 남자가 있었다더라 하는 식의 소문을 퍼트린 것이다.

'몇 달 전이면…….'

자신이 함정을 파기 위해 준비를 하던 시점이었다.

자신이 함정을 파는 그때를 이용해서 누군가가 자신을 속이려고 한 것일 수도 있다는 의심이 그의 머릿속에서 마구 피어났다.

"이 사진에 있는 물건은…… 진품인가?"

"알 수 없습니다. 하지만 확실한 것은, 조작된 사진은 아니라는 겁니다."

"으음……."

그의 얼굴이 딱딱하게 굳었다.

조작된 사진이 아니다.

그건 심각한 문제다.

가장 확실한 방법은, 감정사를 불러서 자신이 가지고 있는 목걸이를 감정하는 것.

하지만 거기에는 결정적인 문제가 있었다.

"감정사를 부르는 건 무리겠군."

"이미 이 바닥에 소문이 파다하게 났습니다. 이쪽에서 분실했다고 신고하고 수사까지 사실상 종결되었는데 우리가 감정사를 부르면 말이 새어 나갈 수도 있습니다."

물론 대부분 비밀을 이야기하지 않도록 하면 입을 다물기는 하지만, 세상일이라는 것은 어찌 될지 모르는 법이다.

"결국 그게 진짜인지 가짜인지 찾아봐야 한다는 거군. 누가 이런 짓을 할 것 같나?"

"지금으로써는……."

비서는 잠깐 침묵을 지켰다.

이런 일을 할 수 있는 사람들은 무척이나 한정적이다, 아무리 생각해 봐도.

"다섯 명 정도밖에 기회가 없습니다."

조병호는 고개를 끄덕거렸다.

"그곳으로 끌고 와."

"네, 회장님."

비서는 고개를 숙이고 바깥으로 나갔고, 조병호는 주먹을 꽉 쥐었다.

퍼억.

남자의 얼굴이 돌아가면서 허공으로 피가 튀었다.

두들겨 맞은 남자는 억울한 듯 외쳤다.

"회장님! 전 진짜 억울합니다!"

"너 말고는 했을 사람이 없잖아! 누가 같이하자고 한 거야?"

"저희가 그걸 건드릴 틈이 없었잖습니까!"

"너희가 나를 때. 그때 여유가 있었겠지."

빼돌리는 데 한두 시간이 걸리는 것도 아니다.

한 명은 운전하고, 한 명은 옆에서 가짜로 갈아 끼우면 되는 것이다.

"저희가 왜 그랬겠습니까!"

그 당시 일을 했던 남자는 울음 섞인 목소리로 자신들은 억울하다고 외쳤다.

하지만 그런다고 해서 조병호가 그의 말을 들어 줄 리 없었다.

"그런데 왜 이런 게 돌아?"

"저게 가짜일 수도 있지 않습니까!"

"가짜? 장난해? 내가 병신으로 보여? 어?"

그게 가짜라면 문제가 될 리 없다.

애초에 그 정도 되는 물건을 사는 사람이 감정사도 대동하지 않고 접근할 리 없다.

당연하게도 그게 가짜라면 사기를 칠 수조차 없다.

결국 가장 가능성이 높은 것은 그게 진짜라는 것이다.

그에 반해 그는 불리하다.

"내가 맨땅에서 호종을 세웠어. 너희 같은 사기꾼들을 한두 번 본 줄 알아?"

그는 감정사를 대동할 수도 없다.

거기에다 탈세 목적으로 몰래 산 것이라 신고도 못 한다.

조용히 있다가 아들이 그걸 물려받았다면, 아마 그게 가짜인 줄도 모르고 또 어딘가에 감춰 놨을 것이다.

못해도 20년 이상은 지나서야 나올 텐데, 그때쯤이면 누가 사기를 쳤는지 알 수가 없게 된다.

"날 물로 봤어!"

조병호는 징이 박혀 있는 가죽 장갑을 바짝 당기고는 그대로 다시 주먹을 휘둘렀다.

퍼억!

이번에는 남자의 얼굴에서 허연 무언가가 허공을 날았다.

그리고 남자는 고개를 푹 숙였다.

"사실대로 말할 때까지 족쳐."

기절한 남자의 모습에 조병호는 눈을 찌푸리며 뒤로 물러났다.

그런 걸 쉽게 이야기하지 않을 거라는 것쯤은 알고 있었다.

한두 푼도 아니고 무려 280억짜리 물건이다.

암시장에 내놓은 가격도 무려 230억.

그 돈이라면 입을 다물고도 남을 것이다.

"감히 나를 속여?"

장갑을 벗고 그곳을 떠나는 조병호.

그 뒤에 남은 남자는 한숨을 푹 쉬었다.

"정구야, 갔다. 진짜로 말해 봐. 안 했냐?"

기절한 듯 고개를 숙이고 있던 남자가 고개를 들었다.

"부장님, 아시잖습니까? 제가 어디 그럴 놈입니까?"

"후우."

맞는 말이다.

자신의 아래에서 더러운 일을 처리하는 직원이지만, 최소한 이런 짓은 안 한다.

착해서가 아니다.

간땡이가 작아서, 이런 일을 할 수가 없는 것이다.

"하지만 소문이……."

소문.

그 소문이 문제였다.

가짜를 만들기 위해 돌아다녔다는 남자의 모습.

그 소문 속의 묘사가 딱 정구의 모습이었기 때문이다.

"저는 그런 것의 가짜를 만들 수 있는지도 몰랐습니다."

"후우……."

부장은 고개를 흔들었다.

진실? 그건 상관없다.

그는 회장이 남기고 간 장갑을 다시 끼었다.

"그래? 그러면 어쩔 수 없지."

퍽 소리와 함께 돌아가는 정구의 얼굴.

"말로 해도 안 들어 처먹는 버러지 새끼한테는 주먹이 답

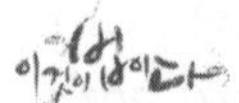

이지."

⚖

노형진은 낡고 낡은 병원을 바라보았다.

자신이 함정에 빠트린 남자 장정구가 이곳에 입원했다는 소문을 들은 것이다.

"왜 하필 그 사람이야?"

"최근에 입사했고 아직 충성심이 확인되지 않았으니까. 당연히 조병호가 가장 먼저 의심할 거라 생각했지. 물론 이 정도로 두들겨 팰 거라고는 생각도 못 했지만 말이야."

노형진은 오래된 건물에서 시선을 떼면서 말했다.

"중요한 건 조병호가 히스테릭한 반응을 일으키고 있다는 거야."

애초에 누군가 복제하러 다녔다는 소문에서 그 '누군가'가 생각보다 자세했던 것은, 그게 노형진이 낸 소문이기 때문이다.

그의 사진을 구해서 보고 그 이미지에 맞게 소문을 낸 것이니 당연히 특정하는 게 어렵지 않았다.

"좀 불쌍하기는 한데……."

"불쌍?"

노형진은 코웃음을 쳤다.

"그 새끼가 뭐가 불쌍해? 고숙진 씨가 억울한 죄목 뒤집어

쓰고 감옥에 가는 걸 뻔하게 알고 있었어. 거기에다가 무려 280억짜리야. 감옥에 갔다 오면 조병호가 그걸 핑계 삼아 돈을 받아 내려고 하지 않을까? 아마 고숙진 씨랑 그 가족은 자살로 몰릴걸. 그걸 알면서도 월급 몇 푼 받겠다고 더러운 일을 처리하고 다니는 놈들이야. 그런데 불쌍은 무슨."

"그건 또 그런데, 아주 장난 아니게 두들겨 맞았던데."

직원에게 슬쩍 접근해서 들어 보니 성한 이가 없을 정도로 두들겨 맞았다고 했다.

그리고 지금도 정체 모를 남자들이 어디 가지 못하게 지키고 있다고 하고 말이다.

"더러운 일을 하려면 그만큼의 반작용을 예상해야지. 이빨 날아갈 각오는 충분히 하고 시작했어야지."

"완전 매몰차구나."

"매몰찬 게 아니라 당연한 거야. 남을 해치려면 자기 무덤부터 파라는 말 몰라?"

노형진은 그렇게 말하면서 시계를 바라보았다.

"그건 나도 마찬가지이고 말이야."

"쩝. 그나저나 호종그룹이랑 조병호가 미친 듯이 찾고 있는데 안 걸리겠어?"

"걸릴 리 없지."

애초에 진짜 팔 물건도 아니다.

말 그대로 그들의 신경을 긁기 위해 만든 물건이다.

제조에 들어간 물건의 원가보다 인건비가 더 큰 그런 물건.

"중요한 건 그거야. 저들이 이게 진짜라고 믿는 이상 그건 진짜라는 거지. 그리고 진짜라면 경찰이 수사를 해야 하고."

노형진은 씩 웃었다.

그 순간 저 멀리 사이렌이 울리면서 수십 대의 경찰차가 다가오는 것이 보였다.

"뭐야? 갑자기 웬 경찰차야?"

예상하지 못한 경찰의 등장에 깜짝 놀라는 손채림.

그런데 신고한 사람은 다름 아닌 노형진이었다.

"내가 신고했어."

"어째서?"

"내가 이기려고 이 짓 하는 거지, 지려고 이 짓 하는 건 아니잖아."

"뭐?"

"절도범으로 의심되는 자가 누군지 모를 사람들에게 붙잡혀 있다, 너무 맞아서 얼굴이 피 떡이 되고 이도 다 나갔다, 아무래도 그 사람들이 물건을 훔친 전문 절도 집단 같아 보인다."

노형진은 씩 웃으면서 국어 책을 읽듯이 말했다.

"다음 중 경찰의 반응을 고르시오. 1번, 무시한다. 2번, 회장님한테 쪼르르 달려간다. 3번, 출동해서 잡는다."

"3번이네."

그리고 조병호는 그 사건으로 곤란한 상황에 처하게 될 것이다.

그가 폭행을 한 것도 문제가 되지만, 이 사람들이 그의 사람이라는 것도 문제가 될 테니까.

"그래. 아마 상황이 재미있어질걸, 후후후."

"재판장님, 얼마 전 절도범으로 의심되는 사람이 붙잡힌 사실을 알고 있습니까?"

"그걸 어떻게……?"

검사는 노형진의 갑작스러운 발언에 깜짝 놀랐다.

그 사건에 대해 알고는 쉬쉬하고 있었는데 갑자기 그가 이야기를 꺼낼 줄은 몰랐던 것이다.

"모 병원의 간호사가 저희 쪽에 연락해 왔습니다. 정체 모를 집단이 그 사람을 강제로 감금하고 있다가 경찰에 모두 잡혀갔다고요. 그런데 저희는 그러한 정보를 전혀 듣지 못했습니다."

현행법상 검찰은 피고인 측에 유리한 증거를 발견하게 되면 그걸 감추지 않고 알려 주도록 되어 있다.

검사들이 없는 죄를 만들어 내는 것을 막기 위해서다.

'하지만 이건 알려 줄 수가 없지.'

아마 그들도 지금쯤 알 것이다.

이번 사건에서는 단순히 그가 목걸이를 빼돌린 게 문제가 아니라, 조병호가 그를 폭행했다는 것이 문제가 된다는 것을.

'조병호는 전에도 그런 적이 있지.'

당연하게도 이런 일이 언론에 나가면 좋을 것이 하나도 없다.

"저희는 해당 증인에 대한 취조를 하기 위해 법원에 해당 증인을 요청하는 바입니다."

"피고인 측 변호인, 그 사건과 이번 사건은 전혀 관련이 없습니다만."

"제가 듣기로는 아닌데요. 마리아의 눈물의 위치를 알고 있다고 했다는 증언을 들었습니다."

"그건……."

"하다못해 접견이라도 허락해 주시기 바랍니다."

검찰도, 판사도 곤란한 표정이 되었다.

그럴 수밖에 없는 게, 접견을 하는 순간 함정을 판 것이 드러나기 때문이다.

'어쩔 수 없겠지, 후후후.'

노형진이 자기 돈까지 줘 가면서 가짜를 만든 이유.

그건 내부에서부터 그들을 뒤흔들고 배신자를 만들기 위해서였다.

성격이 안 좋기로 유명한 조병호라면 당연하게도 누군가를 의심할 테니, 그가 무슨 짓을 당한다면 당연히 복수를 하려고 할 테니까.

'그리고 그 장정구가 그냥 넘어갈 리 없지.'

얼마나 두들겨 팼는지, 멀쩡한 이가 없었다.

그런데 이만 없는 게 아니다.

팔과 다리도 부러지고, 갈비뼈가 세 개가 나갔으며, 장내 출혈까지 있었다.

이 정도면 단순 취조를 넘어서 고문을 한 셈이다.

이런 상황에서 만일 노형진과 만나면 어떻게 될까?

아마 사실을 모조리 까발리고도 남을 것이다.

아니, 함정을 판 걸 그냥 법원에서 인정하는 정도가 아니라, 아예 언론에서 까발릴 수도 있다.

조병호에게는 심각한 타격이 될 게 분명했다.

"재판장님, 이미 그에 관련된 증언을 확보했습니다. 그가 마리아의 눈물을 빼돌렸고, 같은 조직원이 그걸 되찾기 위해 고문을 했다는 것도 알고 있습니다. 그런 만큼 그가 피고인 고숙진이 이 사건에 아무런 관련도 없다는 가장 강력한 증거가 될 거라고 생각합니다."

노형진의 주장에 판사는 눈을 데굴데굴 굴렸다.

증인 신청을 받아 주는 것은 판사의 재량이지만, 이미 저쪽에서 관련자라는 것을 알아내고 어디에 있는지까지 알아냈는데 안 받아 준다는 것은 말도 안 되는 소리다.

아무리 조병호와 호종그룹이 사건이 새어 나가지 않게 막고 있다고 하지만, 일이 이 정도 되면 바깥으로 새어 나갈 가능성도 높아진다.

"정식으로 신청하시면 일단 통지하겠습니다."

노형진은 주먹을 불끈 쥐었다.

'나이스.'

이제 남은 것은 조병호에게 엿을 먹이는 것뿐이라는 것이라 그는 생각했다.

그러나 상황은 노형진의 생각대로 흘러가지 않았다.

정의로운 도둑이 되는 것을
허락해 주세요

"죽었다는군."

"죽어요?"

"그래, 장내 파열로 인한 과다 출혈이라는군."

"아니, 얼마 전까지 안정적이라면서요?"

범죄자를 아무 병원에다 넣을 수는 없다.

당연하게도 장정구는 경찰병원에 입원해 있었다.

그런데 죽었다.

"모르지. 갑자기 급박하게 돌아갔다고 하더군. 아마도 말이지."

'아마도'라는 말.

그 안에 담겨 있는 의미는 너무나 많았다.

노형진이 그걸 모르는 사람도 아니었고 말이다.

"이 망할 놈들이……."

노형진이 애써 함정을 파서 그를 이끌어 냈다.

그리고 그가 나서서 복수심에 불타 사실만 말하면 끝나는 사건이었다.

그런데 죽였다니.

"예상 못 했나?"

"네…… 그렇게까지 할 줄은 몰랐습니다. 그들에게 남은 마지막 카드가 그것뿐이니까요."

진짜든 가짜든 그들은 마리아의 눈물을 추적해야 한다.

그리고 그걸 추적하려면 당연하게도 일을 꾸몄을 것으로 의심되는 장정구가 필요하다.

"그들 입장에서는 때로는 수백억의 돈이 자존심보다 못하지."

"끄응……."

"거기에다 여기서 그 일이 터지면 호종그룹도 조병호도 그 끝이 좋지는 않았을 테니까."

김성식은 참담한 표정을 하고 있는 노형진의 어깨를 두들겼다.

"너무 슬퍼하지 말게나. 아마도 그는 자네가 아니더라도 죽었을 거야. 일단 그렇게 사람을 반쯤 죽여 놓은 상황에서 뒷수습도 하지 않을 인간들이 아니니."

"어찌 되었건 함정을 판 건 접니다."

"그런 식으로 원인을 파고들면 어디까지 가겠나? 마리아의 눈물을 만든 장인? 아니면 그 보석을 캐낸 광부?"

김성식의 말에 노형진은 깊은 심호흡을 하고 떨떠름한 기분을 털어 냈다.

김성식의 말이 맞다.

자신이 죽인 것도, 때린 것도 아니다.

자신은 진실을 찾으려고 한 거고, 그걸 감추기 위해 죽인 건 그들이다.

"작전하고 완전히 달라져 버렸는데 어쩌지? 없는 증인을 만들 수는 없잖아."

재판은 계속 이어지고 있다.

하지만 시간이 지날수록 상황은 점점 저들에게 유리해졌다.

아니, 사실 지난번 재판에서 노형진은 거의 제대로 된 변론을 하지 못했다.

재판장이 이쪽에서 말하는 건 어지간하면 무시하는 반면 저쪽에서 말하는 건 어지간하면 다 들어주는 데다가, 저쪽의 거짓말도 거의 완성되어 가고 있기 때문이다.

"방법을 바꿔야겠어. 이대로 가면 우리가 져."

지는 게 문제가 아니다.

그러면 고숙진의 인생은 파멸한다.

"그러면 어쩌려고?"

"마리아의 눈물을 직접 찾아야지."

"직접 말인가? 무슨 수로?"

"글쎄요……."

가장 좋은 방법은 조병호나 그 당시에 그걸 옮긴 사람들의 기억을 읽는 것이다.

하지만 조병호에게 접근하는 것은 불가능할 것이다.

그가 만나 주지 않을 테니까.

게다가 그 아래에서 일하는 놈들도 모두 사라진 상황.

'그들의 동선을 모조리 읽을 수는 없어.'

사이코메트리로 기억을 읽을 수는 있지만, 모든 기억을 읽을 수 있는 것은 아니다.

그 사람이 그 순간 떠올린 기억이나 지금 하고 있는 생각만 읽을 수 있다.

'젠장. 그렇다고 호종그룹의 모든 재산을 다 뒤질 수도 없는 노릇이고.'

아니, 설사 뒤진다고 한들, 그런 걸 감춰 두는 공간은 차명으로 됐을 것이다.

그래야 나중에 압류를 피할 수 있을 테니까.

"자네가 억울한 건 잘 아네. 하지만 그들이 재산을 감추는 곳을 그리 쉽게 찾아낼 수 있다면 경찰이나 검찰이 재산 환수에 그렇게 고생하겠나?"

경험이 있는 김성식은 씁쓸하게 웃었다.

"차명으로 된 재산은 어디로 갔는지 알 수가 없지. 그리고 그 재산을 추적하는 것은 사실상 불가능할 테고. 이번에 마리아의 눈물 역시 우연히 드러난 게 아니라면 우리 쪽에서는 전혀 몰랐을 걸세."

그런 게 한두 개가 아니다.

역대급이라 불리는 수많은 보물들 중 한국에 숨겨진 물건들은 적지 않다.

재벌들과 부자들이 몰래 물려주는 용도로 쓰기 위해 긁어모으는 것이다.

소더비 같은 곳에서 익명으로 사면, 한국 정부에서 관련 자료를 달라고 해도 꿈쩍도 안 한다.

애초에 소더비에 자료를 달라고 할 수도 없다.

익명이라는 게 이름만이 아니라 국적 또한 알려 주지 않기 때문이다.

한국인인지 미국인인지 영국인인지 말이다.

"진짜 방법이 없나?"

손채림도 허탈하다는 듯 말했다.

자신의 범죄를 은폐하기 위해 살인도 불사하다니.

"이러다가 우리도 위험한 거 아냐?"

"그건 아니야. 우리는 드러나 있고 그쪽은 아니니까. 아마 피해자 가족들에게 업무 중 사고로 죽은 걸로 처리한다고 하고 보상금을 주면 그쪽은 문제가 안 될 거야. 하지만 우리 쪽은 아니지."

"그렇다고 해도 그 녀석을 잡을 방법이 없잖아?"

"그건 그런데……."

노형진은 자신도 모르게 손톱을 깨물었다.

'이런 경우라면 진짜 답이 없단 말이지.'

최소한 법이 중심이라도 잡아 준다면 문제가 안 된다.

하지만 법은 철저하게 저쪽에 서 있다.

이쪽에서 아무리 노력해도 그건 어쩔 수가 없는 부분이다.

'아니다. 이런 경향은 점점 더 심해질 거야. 그러니까 집중해야 해.'

오죽하면 최후의 적폐가 법이라는 말이 나올 정도로, 법의 편향된 판결은 오랜 관행으로 남아 있다.

다른 집단과 다르게 견제 수단 자체가 없다는 것이 문제다.

기자들의 경우는 노형진이 기자를 취재하는 기자들을 만들어 내면서 전보다 좀 덜해지기는 했지만, 법률계는 아예 그게 불가능하다.

"언론에 이야기해 보면 안 될까?"

"언론은 이미 막혔네. 나도 기자회견을 하려고 했거든. 몇몇 기자들을 만나기도 했고 말이야."

"다른 언론사들도 있잖아요. 중립을 지키는 곳들요."

"그런 곳도 안 할 거야. 이건 형사사건이거든."

정치적 사건으로 탄압을 하는 것이나 압력을 행사하는 것이라면 모를까, 형사적 사건이다.

그들은 불법을 저지르지는 않지만 또 한편으로는 노형진의 편을 들어 주면서 기사를 올려 주지도 않는다.

"내가 그들에게 요구한 것은 팩트만 전달해 달라는 거였어. 그리고 이번 사건은 팩트만 보면 검찰 쪽이 더 유리하지. 계속 사건을 가다듬어 왔으니까. 피해자가 재벌이라는 이유로 무조건 미워하면서 글을 올릴 수는 없는 노릇이잖아."

"끄응……."

"그러니 이번 사건은 언론의 힘에 기대는 것은 무리라고 생각해."

결국 진실은 저 멀리 사라질 테고 조병호는 막대한 돈을 빼돌리게 될 것이다.

"도대체 부자들이 뭐가 아쉬워서 그러는 건지."

"부자이기 때문에 더 그럴걸."

원래 인간은 9,900원 가진 사람이 100원 가진 사람의 돈을 빼앗아서 1만 원을 만들고 싶어 하는 존재니까.

'돈이라…….'

노형진은 씁쓸하게 생각하다가 문득 한 가지 생각이 들었다.

조병호는 돈을 빼돌리기 위해 지금 사건을 조작하고 있다.

그런데 그 돈이 과연 마리아의 눈물 하나뿐일까?

"우리, 원점으로 돌아가서 생각해 보자."

"원점으로?"

"그래. 이번 사건의 시작점, 이 사건이 시작된 곳."

"그곳이 어딘데?"

"소더비."

소더비 경매장.

이번 사건의 핵심인 마리아의 눈물을 낙찰받은 곳.

"왜?"

"소더비에서는 익명으로 했다고 했잖아."

"그렇지."

"그 익명의 방식이 뭐지? 그거 알아?"

"익명의 방식?"

"그래."

익명이라고 해서 무슨 영화처럼 가면을 쓰고 철저하게 모른 척하면서 하는 게 아니다. 지금은 21세기니까.

"익명의 방식은 보통 두 가지야."

첫 번째는 대리인을 내세우는 것.

두 번째는 전화로 하는 것.

"전화로 한다고? 대리인은 이해가 가는데, 전화라니?"

"지금은 21세기라니까. 경매가 과거 방식처럼 거기서 팻말을 드는 게 아니야."

물론 그런 것도 여전히 있지만, 원한다면 인터넷 방송으로 중계되는 경매 장면을 보면서 전화로 응찰할 수 있다.

"그 번호를 확인하자는 거야?"

"그래."

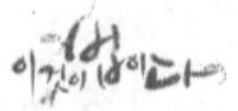

"소용없는 일일세."

김성식은 고개를 흔들었다.

"탈세를 전문적으로 하는 자들이 그걸 자기네 명의로 된 핸드폰으로 하겠는가?"

"하긴, 그러네요."

익명이라는 것은 자신을 감추기 위해 하는 행동이다.

당연히 자신을 특정할 수 있는 무엇도 남기지 않는다.

"보통 그런 걸 전화로 할 때는 대포폰으로 하기 마련이지."

노형진은 고개를 끄덕거렸다.

"맞습니다. 거기는 익명이죠. 그리고 익명이기 때문에 영장을 청구할 수도 없고요."

소더비 경매장의 주소지는 런던이다.

물론 한국에도 경매 회사가 생기기는 했지만, 굵직굵직한 것들은 런던에서 하는 게 보통이다.

"그 점을 노리는 거죠."

"응?"

"익명이지 않습니까? 소더비에서도 누가 샀는지 알려 줄 수 없다고 했고요."

"그렇지."

"조병호가 샀다는 증거가 어디에 있습니까?"

두 사람은 순간 멍해졌다.

그러고 보니 그렇다.

그가 샀다는 증거가 없다.

"그걸 내놓으라고 하는 겁니다."

"그건 어렵지는 않을 걸세. 익명으로 샀다고 해서 그 구입 증서가 없는 건 아닐 테니까."

다만 외부에 보여 주지 않을 뿐.

'그렇지.'

그걸 내놓는다고 해서 문제가 될 것은 없다.

이미 그들은 마리아의 눈물을 걸렸고, 그 세금을 내지 않기 위해 이런 짓을 벌인 것이니까.

'다른 사람이라면 의미가 없지.'

하지만 노형진이라면 의미가 다르다.

기본적으로 그러한 구입 증서는 본인이 보관한다.

회장이 가지고 있다가 조용히 물려줘야 하니까.

'그건 그의 기억이 들어 있다는 뜻이기도 하지.'

만일 노형진의 예상이 맞는다면, 그는 그 증서를 보면서 다른 물품에 대해 생각했을 것이다.

운이 좋다면 관련자에 대해, 더 운이 좋다면 어디에 뒀는지에 대해서도 나올 것이다.

"그걸 보면 제가 이상한 것을 알아낼 수 있을 겁니다."

"나는 솔직히 이해가 안 가기는 하지만."

김성식은 어깨를 으쓱했다.

노형진이 문제를 해결하는 방식은 가끔은 뜬금없으니까.

"자네만의 방법이 있겠지."

"그런데 그걸 내놓을까?"

"내놓을 수밖에 없어."

그러지 않으면 재판 자체가 성립되지 않으니까.

"그리고 그게 우리가 반격을 하는 서막이 될 거야, 후후후."

"재판장님, 검찰 측은 지금까지 마리아의 눈물이 피해자인 조병호의 재산이라 주장해 왔습니다."

노형진의 말에 검사와 판사는 살짝 눈을 찌푸렸다.

갑작스럽게 변론 방식을 바꾼다는 것은 그들에게도 힘든 일이기 때문이다.

"그래서요? 피해자가 피해 물품의 소유권을 주장하고 있는 게 뭐가 잘못된 것인가요?"

"하지만 재판장님, 소더비에 확인한 결과 경매장에서는 해당 물품이 익명으로 판매되었다는 것만이 증명되었습니다."

"그게 무슨 소리죠?"

"즉, 분실한 마리아의 눈물이 진짜로 피해자인 조병호 씨의 물건인지 증명할 수단이 없다는 말씀입니다."

"그게 무슨……."

검사는 당황해서 얼굴이 딱딱하게 굳었다.

소유권에 대해서도 인정하지 못하겠다고 주장할 줄은 몰랐던 것.

'그래. 막상 들으면 엉뚱하다고 느껴지지. 하지만 잘 생각해 보면 또 가능한 일이거든.'

그걸 구입했다고 증명한 적은 없다.

국세청에서 그 소유에 대해 인식했다는 것이 마리아의 눈물을 정당하게 샀다는 뜻은 아니다.

어쩌면 훔쳤을 수도 있는 법이다.

"만일 피해자가 가졌다던 그 목걸이가 피해자의 소유물이 아니라면, 그곳에 왜 그 목걸이가 있었는지 피해자 측이 증명해야 합니다."

즉 소유권이 없다면 그 소유물이 거기에 있을 수가 없고, 그게 거기에 있을 수 없는 물건이라면 그 소유물에 대한 절도 역시 성립될 수 없다는 것이 노형진의 주장이었다.

"피고인 측, 그걸 말이라고 합니까? 자기 물건도 아닌데 그걸 누군가가 훔쳐 갔다고 신고하는 사람이 어디에 있습니까?"

"그런 물건이 한두 개가 아니지요."

"재판장님, 이건 말도 안 되는 주장입니다. 피해자가 소유권을 증명할 이유는 없습니다."

검사는 애써 조병호에게 실드를 쳤지만, 이미 그 정도 실드로 보호될 수 있는 수준이 아니었다.

"재판장님, 검사 측은 지금까지 피해자가 그 소유권을 가

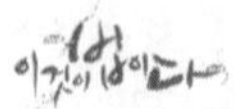

지고 있다고 주장했습니다. 하지만 만일 그 물건이 피해자 조병호의 물건이 아닌 경우, 적용되는 법조는 전혀 달라집니다. 존재하지 않는 물건을 훔쳤다는 점을 감안하지 않더라도 말입니다."

"크흠……."

그 말을 들은 검사는 신음을 흘렸다.

자신들은 소유권이 당연히 이쪽에 있다는 전제하에 소송을 했다.

그런데 생각해 보면, 소유권이 없다면 애초에 절도가 인정되지 않는다.

기껏해야 점유이탈물횡령죄다.

'그래, 알아서 기느라고 아주 기초적인 부분을 간과한 거지.'

회장님께서 자기 거라고 했으니 회장님의 것이 맞다는 간단한 생각.

사실 다른 사건이었다면 당연히 소송하기 전에 그게 그 사람의 물건이 맞는지부터 확인했을 것이다.

"그건 어떻게 증명하라는 거죠?"

"당연히 구입 증서를 확인해야지요. 그 구입 증서를 보면 언제 어디서 구입했는지 알 수 있을 테니까요."

거기에다 소더비에서 주는 구입 증서는 단순히 종이 이상의 물건이다.

복제를 막기 위해 나름의 공정을 거친 물건인 것이다.

'그리고 그게 중요하지.'

기본적으로 이런 물건들을 제출할 때는 사본을 제출한다.

하지만 사본이라는 것은 복제가 쉽다.

진짜 구입 증서는 여러 가지 복제 방지 처리를 하지만 사본은 아니니까.

가령 돈에 들어가는 변색 라인 같은 경우, 복제를 하면 검은색으로 복사된다.

소더비에서는 그런 기능을 쓰는데, 복사를 하면 검은색으로 변해서 나오기 때문에 해당 물건이 진품인지 알 수가 없다.

"재판장님, 이번 사건을 확인하기 전에 이 마리아의 눈물의 진짜 주인이 누구인지 확실하게 확인하고 넘어가야 한다고 생각합니다."

노형진의 말이 틀린 것은 아니었기 때문에 판사는 눈을 찡그렸다.

그냥 주장도 아니다.

노형진은 증거로 소더비의 입장문을 같이 내놨으니까.

그들의 입장은 간단했다.

'누가 주인인지 확인해 줄 수 없습니다.'라는 간단한 답변.

그런 상황에서 이쪽이 진짜 주인이 아니라고 하면 자신들이 형을 선고할 수가 없다.

다른 건 무시해도 이건 무시할 수 없는 법률적 과정이니까.

"검사 측, 피해자를 만나 소유권을 증명할 수 있는 서류를 제출하라고 하세요. 그리고 피고인 측 주장에 따르면 사본은 복제할 수 있는 방법이 많다니까 원본으로 제출하세요."

원래 재판을 할 때는 원본 제출이 규칙이다.

다만 상황에 따라 사본을 넣을 수 있다.

'하지만 이런 상황이라면 다음번에는 원본을 넣을 수밖에 없지.'

그들 입장에서는 어차피 걸린 물건이다.

그런 만큼 원본을 제출하는 데 하등 문제가 없다.

바로 돌려줄 수 있으니까.

"알겠습니다."

똥 씹은 표정을 하는 검사의 얼굴을 보면서 노형진은 씩 하고 미소 지었다.

⚖

얼마 후 재판에 증서가 나왔다.

그리고 노형진은 그걸 손에 넣을 수 있었다.

"원본입니다. 확인해 보시겠습니까?"

노형진은 그걸 받아 들고 뚫어져라 바라보았다.

물론 그게 가짜라고 생각해서 그런 것은 아니었다.

'과연 어떤 생각을 했을까.'

이런 물건은 제삼자가 보관하는 것이 아니다.

당연히 이걸 꺼낸 것은 조병호다.

그리고 인간이라는 짐승은, 이런 걸 꺼낼 때 짜증과 분노를 표출하면서 별별 생각을 다 한다.

'과연 뭐냐…….'

그 안에서 느껴지는 가장 큰 감정은 짜증.

그것도 다른 사람도 아닌 노형진에 대한 짜증이었다.

원래는 벌써 끝났어야 하는 사건이고, 고숙진이 감옥에 가고 조병호는 이걸 빼돌렸어야 했다.

그런데 아직도 재판이 진행되고 있다는 것에 대한 짜증.

그리고…….

'걱정? 얼마나 많이 해 처먹은 거야, 이 새끼는?'

희미하게 느껴지는 걱정.

마리아의 선물의 구입 인증서임에도 불구하고 다른 물건들에 대한 걱정이 잔뜩 서려 있었다.

마리아의 눈물이 걸렸으니 다른 것들도 걸릴지 모른다는 두려움.

'정확히 어떤 물건인지는 모르겠지만.'

노형진은 그렇게 생각하면서 기억을 읽다가 자신도 모르게 속으로 빙고를 외쳤다.

'찾았다!'

그 기억의 한 가닥, 그 안에 보이는 무언가.

물론 정확한 주소가 보이는 것은 아니었다.

그러나 내비로 보이는 곳의 목적지는 알 수 있었다.

"노형진 변호사?"

노형진이 한참이나 아무런 말도 하지 않고 있자 판사는 그를 불렀다.

노형진은 깜짝 놀라서 대답했다.

"아…… 아닙니다."

"뭐가 아니란 말씀입니까?"

"아니…… 그게…… 하하하."

노형진은 어색하게 웃었다.

판사는 그런 노형진에게 따끔하게 한 소리 했다.

"이제 주인이 맞다는 증거도 나왔으니 더 이상 시간 끌지 마세요. 더 이상 변론 기일 변경은 받아 주지 않겠습니다. 다음 시간에 최종 변론 하세요."

지금 노형진은 사건을 해결하기 위해 계속 변론을 길게 끌어오고 있었다.

하지만 더 이상 끌어 주지 않겠다고 못을 박는 판사.

'위에서 오더가 떨어졌나 보군.'

아마도 더 이상 시간을 끌지 말라고 압력이 내려온 모양이었다.

"알겠습니다. 다음번 재판으로 변론을 종결하겠습니다."

"확실합니까?"

"확실합니다."

노형진은 자신 있게 말했다.

'물론 그 답은 당신들이 원하는 것과는 좀 다르겠지만 말이지, 후후후.'

⚖

"찾았다고?"

"네, 찾았습니다."

"어떻게?"

"그들의 내비를 해킹했습니다."

김성식은 어리둥절했다.

그들이 그렇게 빼돌린 보물과 예술품들을 감춘 곳을 찾은 방법이 내비를 해킹한 거라고?

"그게 무슨 소리야? 내비라니? 서류를 달라고 한 거 아니었어?"

"맞아. 다행히 그 서류랑 물건을 같이 보관했던 모양이더라고. 거기에 그걸 꺼내러 갈 때 내비를 켜니까."

"아하! 내비에는 모든 운행로가 기록되지?"

"그래."

물론 진짜는 기억을 읽어 낸 것이지만, 그걸 말할 수는 없었다.

'어차피 내비를 해킹한 건 증명할 필요가 없으니까.'

불법적 증거인 만큼 쓸 수도 없는 증거이고 말이다.

"강원도 고성에 사설 금고를 만들어 놨더군요."

"사설 금고?"

"네. 차명으로 만들어 놨을 겁니다."

노형진은 주소지를 인터넷에 찍었다.

하지만 항공 뷰에 보이는 것은 오로지 넓은 숲뿐.

"이건 또 뭐야?"

"항공 뷰에도 찍히지 않게 나무로 위를 가렸더군요."

로드 뷰는 불가능하다.

들어가는 초입부터 사유지라고 못 박고 아예 입구를 틀어막아 놨기 때문이다.

"허, 이게 입구라고? 뭔가 걸리긴 하는 모양이군."

보통 이런 땅은 입구가 부실하다.

딱히 쓸모 있는 땅도 아니거니와, 뭐가 있는 곳이 아니니까.

로드 뷰는 딱 거기서 끊겼는데 입구는 확실히 허술해 보였다.

"하지만 저 안에 차단선이 있는 것 같군."

땅속에 숨겨진 차단선.

차가 밀고 들어가면 타이어가 펑크 나도록 만들어진 물건이었다.

흙으로 감추기는 했지만 못 볼 정도는 아니었다.

"이곳이 그들이 마리아의 눈물을 감춰 둔 곳이야."

"그러면 이곳에 있다고 신고를 할까?"

노형진은 고개를 흔들었다.

"그랬다가는 바로 옮길걸."

"그런가?"

"그래. 마리아의 눈물이 어떻게 걸렸는지는 모르지만, 기본적으로 국세청이고 경찰이고 검찰이고 다 조병호 편이라는 점을 생각해."

"끄응."

만일 자신들이 신고를 한다고 해도 직접적인 증거가 없으니 정부에서는 움직이려고 하지 않을 것이다.

하지만 조병호에게 그 이야기가 넘어갈 것은 확실하다.

"그리고 조병호는 그걸 옮기겠지."

지금이야 운이 좋아서 기억에서 읽었다지만, 다음에는 운이 좋을 수가 없다.

더 이상 달라고 할 서류조차도 없으니까.

"우리나라는 법정증거주의야. 증거가 최우선이라고. 증거가 없는 주장은 아무런 의미도 없어."

"그건 맞네. 그러면 방법은 하나뿐인데……."

김성식은 그런 걸 누구보다 잘 아는 검사 출신이다.

그것도 재벌과 정치인을 상대하던, 중앙 수사본부의 부장검사 출신.

뻔하게 보이는데 재벌들이 증거를 없애서 어쩔 수 없이 풀어 준 사건이 얼마나 많았던가?

그들이 증거를 없애려고 하면 순식간에 없앨 수 있다.

심지어 중수부 내부에도 그들이 심은 간자가 있었다.

'그랬지.'

멋지게 증거를 압수한다고 갔던 중수부가, 나중에 알고 보니 빈 박스만 덜렁덜렁 들고 나왔던 사건.

증거가 없는 게 아니라, 애초에 조사할 의지 자체가 없었던 것이다.

그리고 그게 걸리자 검찰이 대응책이라고 내놓은 게, 더 투명하게 조사하는 게 아니라 속이 비치는 박스를 안 비치는 박스로 바꾼 것이었다.

"그 정도라고요?"

"우리가 신고하는 순간 두 시간 안에 조병호가 알게 될 거야. 그리고 오늘이 가기 전에 그곳에 있는 물건들은 사라지겠지."

"그러면 어쩌지?"

"글쎄. 신고한 후에 다른 곳으로 가지 못하게 지키고 있는 방법밖에는……."

김성식도 그들이 얼마나 치밀하게 처리하는지 알고 있었기 때문에 고민을 하는 얼굴이었다.

하지만 노형진이 생각해 낸 방법은 그들의 상상을 뛰어넘었다.

"털죠."

"응?"

"털자고?"

"네, 터는 겁니다."

"아니, 그게 무슨 말인가? 털자니? 그 창고를 털자고? 그게 가능하겠나?"

"불가능할 건 또 뭡니까?"

어차피 거기에 있는 것은 존재를 인정할 수가 없는, 부정된 재물들이다.

그걸 찾기 위해 신고하는 순간, 조병호와 호종그룹은 세무조사를 피할 수가 없게 된다.

그들이 그 물건들을 당당하게 자기 이름으로 샀을까?

아니다.

분명히 익명으로 사고, 세금 한 푼 안 내고 조용히 가지고 들어왔을 것이다.

"멋지다!"

잔뜩 기대하는 손채림과 다르게 고민하는 표정이 되는 김성식.

하긴, 검사 출신이니까 당연한 고민이었다.

"확실히 재벌들이 켕기는 것을 훔치면 신고는 못 하지만……."

실제로 모 도둑이 모 정치인 집에서 5천을 훔쳐서 나왔는데 정치인은 그 돈을 신고하지 않았다.

할 수 없었던 것이다.

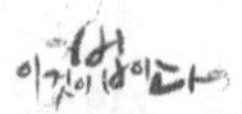

뇌물로 받은 돈이었으니까.

"세무조사를 받게 되면 호종그룹도 엮일 겁니다. 다른 그룹도 엮일 테고요."

"다른 그룹?"

"그걸 설마 전 세계에서 통통배로 가지고 오겠습니까?"

"아……."

일본이나 중국에서야 통통배로 한국에 넘어올 수 있다지만, 유럽에서 아시아로 오는 걸 배로 가지고 올 수는 없다.

설사 가지고 온다고 해도 그쪽 세관은 아주 빡세게 검사하는 편이다.

거기에다 걸리면 한국에도 통지하고 말이다.

"아마 다른 항공사 그룹과 연계되어 있을 겁니다."

"그런가?"

"설마 항공사 그룹이 착해서 모든 걸 다 신고한다고 생각하시는 건 아니겠죠?"

"후우."

암암리에 소문은 있었다.

그들이 비밀리에 밀수한다는 소문 말이다.

다만 증거가 없고 위에서 조사를 막고 있어서 조사를 못 했을 뿐.

"만일 신고하려면 항공사부터 털어야 합니다. 그러면 어떻게 될까요?"

"초대형 밀수 게이트가 되겠군."

물론 그렇게 되면 참 좋겠지만, 애석하게도 그렇게 되기보다는 그들이 밀수품들을 포기할 가능성이 더 높다.

"도둑질이라……."

김성식은 한참 고민을 하다가 머리를 흔들었다.

"검사로서도, 변호사로서도 해서는 안 되는 일이지만 그래도 인간으로서는 재미있을 것 같군. 하지만 문제가 되지 않을까?"

"아니요."

"어째서?"

"때로는 화려한 게 더 드러나지 않는 법이거든요, 후후후."

노형진이 도둑질을 하기로 마음먹은 별장.

그곳에 접근하는 것은 어려운 일이 아니었다.

그리고 노형진은 아주 화려하게 털려고 작정을 했다.

"보통은 은밀하게 터는 게 중요하지 않아?"

"그건 시간이 너무 오래 걸려. 다음 변론 기일 전에 증거를 찾아야지."

"아…… 맞다."

"그리고 어차피 결과는 똑같잖아. 여기에 누가 있는데?"

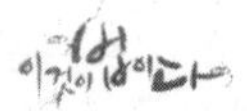

있는 사람들이라고 해 봤자 조병호가 투입한 경비원들뿐이다.

아무리 은밀히 접근해도 그들을 피할 수는 없다.

금고 입구에서 먹고 자며 항상 지키고 있으니 말이다.

"그나저나 그들은 자기 함정에 자기가 빠진 걸 알면 얼마나 억울할까?"

"억울해 미치겠지."

노형진은 키득거리면서 고개를 돌렸다.

전문적인 기술이 필요한 것도 아니고 오로지 우격다짐만 있다.

그러니 전문 도둑들도 필요 없다.

"준비 끝났습니까?"

"네, 변호사님."

경호 팀은 엉거주춤한 포즈로 말했다.

사실 그럴 수밖에 없다.

시대가 바뀌어서, 현대에는 상대방을 추적하는 방법이 많다.

그걸 막기 위해 그들은 키 높이 구두를 신어서 키를 높이고 거기에 깔창을 깔고 양말까지 신었다.

그뿐만 아니라 옷 안에 솜을 덧대서 혹시 모를 땀이 떨어지는 것을 방지하는 한편 동시에 덩치를 왕창 키웠다.

아마 설치된 카메라가 있다고 해도 그들의 덩치를 추측하지는 못할 거다.

물론 그것도 촬영될 때의 이야기지만.

"해킹 완료."

이수종은 엄지를 척 세웠다.

"확실해?"

"네, 이제 외부에서는 CCTV로 못 봐요. 내부의 녹화 전용이라면 방법이 없지만."

"뭐, 상관없지."

노형진은 어깨를 으쓱했다.

그때 손채림이 물었다.

"그런데 전화는 어떻게 할 거야?"

"전화?"

"그래. 일이 터지면 저쪽에서 회장 쪽에 전화할 텐데."

"그래서 내가 거기에서 누가 일하는지 알아봐 달라고 한 거야."

"응?"

"사실 이쪽은 딱히 대포폰이 필요 없거든."

매일같이 같은 삶을 사는 공간이다.

누구도 오지 않는 곳에서, 마냥 금고만 지키는 일.

그렇다고 해서 정말 먹고 자고 하면서 이곳에서 살지는 않을 것이다.

그러다 보면 도리어 엉뚱한 의심을 받을 수도 있으니까.

결과적으로 이곳에서 경비를 사는 사람들은, 이곳에서 계속 상주하는 게 아니라 주변에 거주지를 두고 출퇴근을 할 수밖에 없다.

따라서 며칠만 제대로 감시하면 그들의 핸드폰 번호를 알아내는 것은 불가능한 일이 아니다.

"뭐, 재밍이라도 하려고?"

"그런 비싼 건 어떻게 쓰냐?"

재밍은 한 지역의 전파 자체를 완전히 못 쓰게 혼선시키는 것이다.

하지만 일개 법무 법인의 경호 팀에 그런 전문적 장비가 있을 리 없다.

"수종아!"

"오케이."

이수종은 잠깐 꿈지럭거리더니 호쾌하게 엔터 버튼을 눌렀다.

"뭐 한 거야?"

"전화요."

"전화?"

"네, 지금부터 저 안에 있는 사람들에게 1초당 20회씩 전화가 갈 거예요."

"헐!"

당연하게도 그들이 쓸 수 있는 전화는 없다.

저 안에는 집 전화를 설치할 수 없고, 핸드폰은 막혔다.

물론 이들이 모르는 전화가 있을 수도 있지만.

아니, 그럴 것이다.

하지만 그렇다고 해도 상관없다.

"가자!"

노형진이 소리를 지르자 사람들은 차로 밀고 들어갔다.

문 자체는 그다지 튼튼한 게 아니었기 때문에 쉽게 부서졌다.

노형진은 그 앞에 있는 차량용 스파이크를 사람들에게 들게 했다.

고정식이 아니었기 때문에 그걸 떼어 내는 것은 어렵지 않았다.

하긴, 고정식이면 자신들의 차량도 들어가지 못하니까.

"어서 가지고 가요! 무브! 무브!"

노형진은 혹시나 몰라서 그걸 넘기면서 기억을 읽었다.

이 안에 다른 스파이크가 있나 해서였다.

다행히 그런 건 없었고, 사람들은 그대로 트럭을 몰고 별장으로 치고 들어갔다.

"뭐야! 막아!"

갑작스러운 습격에 경비원들은 다급하게 뛰쳐나왔다.

그들은 나름 무장을 한다고 가스총까지 가지고 있었지만, 이미 노형진 측은 얼굴도 가릴 겸 민간형 방독면을 뒤집어쓴 상황이었다.

당연하게도 그들의 가스총은 아무런 효과도 발휘하지 못

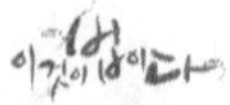

했고, 도리어 이쪽 최루액이 그들을 쓰러트렸다.

"쿠에에엑!"

"으아아……! 내 눈……! 내 눈!"

바닥을 나뒹굴면서도 경비원들 몇몇이 저항하려고 했지만, 애초에 숫자 자체가 비교가 되지 않았다.

결국 경비원들은 흠씬 두들겨 맞고 질질 끌려 나갔다.

노형진은 텅 빈 별장 지하로 내려갔다.

"빙고."

노형진은 금고를 발견하고 미소를 지었다.

오래된 금고문.

그걸 보고 손채림은 질렸다는 표정이 되었다.

"이걸 어떻게 열게? 비밀번호도 모르고 열쇠도 없잖아."

"인간은 원래 바보 같은 면이 있거든."

"응?"

"입구만 틀어막으면 다 튼튼하다고 생각하지."

노형진은 피식 웃으면서 커다란 기계를 들고 왔다.

"그거 공사장에서 아스팔트를 깨는 장비 아냐?"

"비슷하기는 하지만 좀 달라. 정확하게는 탄광에서 암석을 깨는 장비지."

노형진은 몇몇 사람들과 함께 그걸 들고 문이 아닌 그 옆을 뚫었다.

그러자 잠시 후 벽에 금이 가고 가루가 흘러내리기 시작했다.

"허?"

"이런 공간은 강철로 아예 감싸 놓을 수는 없어."

"어째서?"

"예술품은 예민하거든."

그 안에 온갖 장비로 보관 시스템을 만들어야 하는데, 아무리 지하라고 하지만 바람 한 점 통하지 않는 강철 벽은 예술품에 치명적인 문제를 야기한다.

"공간이라도 넓으면 모르지만 말이지."

하지만 공간이 넓지 않으니 당연히 주변은 두꺼운 벽으로 쌓아 올리는 게 최선이었을 것이다.

"부서진다!"

잠시 후 벽이 무너지면서 안으로 들어가는 입구가 나오자 노형진은 라이트를 들고 그 안으로 들어갔다.

그리고 입을 쩍 벌렸다.

"어마어마하군."

"미쳤네, 미쳤어."

나중에 들어온 손채림도 경악을 금치 못했다.

작은 방이라고 예상했는데 족히 50평은 되어 보이는 공간.

그 공간에 꽉 차 있는 온갖 예술품과 보석류 그리고 그림들.

"이게 도대체 얼마야?"

"글쎄."

노형진은 렘브란트의 명화 앞에서 혀를 끌끌 차며 한숨을 쉬었다.

“못해도 이거 수천억은 되겠는데.”

“이걸 다 감췄다고?”

“못해도 수천억이면 세금도 수천억이야. 50%잖아.”

“아…….”

이런 식으로 감춰 버린 재산.

그 재산을 세금 한 푼 안 내고 넘길 수 있는 것이다.

돈을 회수하는 것도 쉽다.

그냥 익명으로 팔면 되니까.

“예술이야말로 부자들의 최고의 재테크지.”

노형진은 빈정거리면서 시선을 돌렸다.

안쪽에 있는 커다란 서랍.

서랍을 열자 그 안에 있는 각종 보석들이 모습을 드러냈다.

“마리아의 눈물.”

노형진은 씩 웃었다.

드디어 진품을 찾은 것이다.

“이거 어쩌지? 이 정도면 신고하겠는데?”

“상관없어, 하든 안 하든.”

“뭐?”

“일단은 들고튀어.”

노형진은 목걸이가 들어 있는 상자를 거칠게 가방에 밀어 넣었다.

"이거 신고 못 하는 거 맞아?"

"맞아. 우리나라 세금 구조를 생각해 봐."

"어?"

"일부 골동품은 제외하고, 우리나라 기준으로 개별소비세는 30%야. 그리고 여기에 있는 물건들은 그걸 안 냈지. 당연히 과징금이 엄청나게 붙겠지? 거기에다 이걸 물려준다고 한다면 어떻게 될까? 아까도 말했지만 재산세는 50%야."

"허억!"

그랬다.

당장 이 순간 이걸 신고하면 미래에 낼 세금만 80%가 된다.

거기에다 과징금과 처벌을 생각하면 100%는 넘을 테고.

"거기에다 이 정도 물건을 빼돌렸으니 세무조사는 피할 수 없지."

이 정도 물건을 과연 조병호가 개인의 자산으로 확보할 수 있었을까?

불가능하다. 호종그룹에서 빼돌린 수많은 재산 중 하나일 테니, 호종그룹에 대한 세무조사가 시작될 것이다.

"전에 말했다시피 밀수 라인을 수사하면 다른 그룹으로 불똥이 튈 테고……."

억울해서 미치고 팔짝 뛸 일이지만, 조병호와 호종그룹은 신고를 할 수가 없다.

"그러니까 어서 움직여! 무브! 무브!"

노형진은 영화처럼 멋지게 소리 질렀지만, 대부분 신경도 쓰지 않고 차분하게 물건들을 옮겼다.

그때 들려오는 무전기의 소음.

"무슨 일입니까?"

-일단의 사람들이 몰려오다가 입구에서 좌초되어 차에서 내려서 뛰고 있습니다. 하지만 한 시간은 걸릴 겁니다.

예상대로 자신들이 모르는 방식으로 알아챈 것이 분명했다.

화면은 지속적으로 재송출되게 해 놨으니 그건 아닐 테고.

'뭐, 무게 감지 장치라도 달려 있나 보지. 아니면 정해진 보고 시간이 있든지.'

노형진은 어깨를 으쓱했다.

상관없다.

한 시간이면, 자신들은 이미 이걸 들고 이곳을 빠져나간 후일 것이다.

'그나저나 자기들이 설치한 것에 빠졌으니 억울해 미치겠군.'

그들이 빠진 함정.

그것은 다름 아닌 그들이 설치했던 차단선이었다.

그 차단선을 노형진 일행이 일방통행로의 입구에 다시 설치한 것이다.

그런데 그들은 그걸 모르고 전속력으로 달려오다가 거기에 걸렸고, 그 때문에 들어올 수가 없게 된 것이다.

선두에 선 차량이 입구를 막아 버렸을 테니까.

결국 그들이 여기에 오는 방법은 죽어라 뛰는 것뿐.

"경찰은 없죠?"

—네, 경찰은 없습니다.

예상대로였다. 그들은 경찰에 신고를 할 수가 없다.

'좋았어.'

노형진은 씩 웃으면서 주변 상황을 확인했다.

그 짧은 사이에 그림에서부터 보석까지 싹 쓸려 가 버렸다.

물론 가지고 가기 힘든 도자기 같은 것은 그대로 둘 수밖에 없지만.

"빨리 넘어갑시다! 무브! 무브!"

"영화가 사람 망쳤네."

손채림이 보석으로 가득한 가방을 짊어지면서 말했다.

"빨리 움직이자고."

"그러자. 산 너머로 가면 되는 거지?"

"그래."

이미 거기에는 차들이 대기하고 있다.

"크게 한 방 했으니 뜨자고!"

법과는 다른 묘한 쾌감에, 노형진은 신나게 외쳤다.

노형진의 예상대로 호종그룹과 조병호는 아무런 반응도

보이지 않았다.

아니, 아예 없지는 않았다.

"조병호가 쓰러졌다는데? 과로로 병원으로 실려 갔대."

"과로 같은 소리 하고 자빠졌네."

절대 과로는 아니다.

아마 자기 개인 금고가 다 털렸다는 소리에 숨이 넘어갈 지경이 되었을 것이다.

하긴, 지금 노형진이 정산한 금액만 해도 무려 3,200억이다.

그걸 자식들에게 고이 물려주기 위해 빼돌려 놨는데 한 방에 다 털렸으니, 신고도 못 하고 되찾을 수도 없을 것이다.

"신고를 진짜로 못 하네?"

"저 3,200억 중에서 조병호 개인 돈이 얼마나 될 것 같아?"

"하긴, 그러네."

아마 대부분은 기업의 돈을 빼돌려서 산 물건일 것이다.

당연하게도 신고하면 그것도 토해 내야 한다.

구조적으로 신고하면 되찾는 것의 몇 배를 토해 내야 하는 셈이 되는 것이다.

"찾으려고 노력은 할 거야."

하지만 쉽지 않을 것이다.

그럴 수밖에 없는 게, 노형진은 조병호를 엿 먹이기 위해 금고를 턴 것이라서 이 물건들을 시장에 풀 이유가 하나도 없다.

흔적도 없고 시장에 매물이 나온 것도 아니니, 아무리 조병호라고 해도 찾을 수 있을 리 없다.

"그건 알겠는데 고숙진 씨 사건은 아직 진행 중이잖아. 우리가 마리아의 눈물을 훔쳤다고 이실직고할 수는 없잖아."

"그건 그렇지."

"그러면 사건은 해결이 안 된 거 아니야?"

"어, 그거? 걱정하지 마. 이미 해결되었으니까."

⚖

"내 돈…… 내 돈……."

조병호는 미칠 것 같았다.

3,200억.

자신이 평생에 걸쳐서 빼돌리며 쌓아 올린 부가 한순간 사라졌다.

상대방은 어떤 흔적도 남기지 않았다.

전문 절도범의 소행이라 생각했지만, 특정할 수가 없었다.

애초에 전문이 아니니 특정할 수가 없었던 것.

거기에다 노형진 일행은 그날 입고 신었던 모든 것을 이미 소각 처리했다.

그러니 추적도 되지 않았다.

"내 도온…… 으으으……."

한두 개라도 시장에 나오면 어떻게든 역추적이라도 해 보겠는데, 그럴 물건들도 없다.

아니, 사실 대부분의 도둑들은 이런 큰 건은 10년 이후에나 꺼낸다.

거기에다 도둑맞은 물건들은 대부분 익명으로 사거나 밀수한 것이니, 설사 시장에 나온다고 해도 소유권을 증명해 어찌해 볼 수 있는 것도 아니다.

"끄응…… 내 돈……."

조병호는 당장 누구라도 죽이고 싶을 지경이었다.

물론 그 돈이 아니더라도 그는 돈이 많다.

하지만 그렇다고 해도, 잃어버린 재산은 그의 전 재산의 3분의 2에 달하는 어마어마한 액수.

"끙끙……."

그는 화를 이기지 못해 죽어 가고 있었다.

그런데 그런 그를 살린 것은 생각지도 못한 말이었다.

"회장님, 마리아의 눈물이 어디로 갔는지 알아냈습니다."

"알아냈다고!"

마리아의 눈물.

이번 절도 사건으로 사라진 자신의 보물.

원래는 감추려고 했는데 진짜로 사라져 버린 물건.

그게 어디에 있는지에 따라 진짜를 찾을 수 있다는 소리다.

"어디에 있어? 그게 어디에 있느냐고!"

"그게…… 생각지도 못한 곳에 있습니다."

"어디에 있느냐고! 그놈 잡아 와! 족쳐서라도 찾아오라고!"

"회장님, 그게…… 그 물건은 판사의 집에 있다고 합니다."

"뭐?"

"고숙진 사건 담당 판사의 집으로 흘러들어 간 것으로 판단됩니다."

조병호는 또다시 뒷목을 잡고 쓰러졌다.

"으어어어……."

"회장님! 회장님! 간호사! 간호사!"

"판사 집으로 보냈다고?"

조병호가 생명의 위기를 넘겼다는 뉴스를 보고 그에 대해 이야기하던 손채림은, 노형진의 말에 깜짝 놀랐다.

얼마나 열받았으면 이렇게 쓰러지나 싶었는데, 그 열받은 이유의 99%가 노형진 때문이었던 것.

"어, 판사 집으로 보냈어."

"아니, 왜?"

"판사는 논리적인 함정에 빠진 거거든."

이미 최종 물품이 판사의 마누라에게 간 것으로 드러났다.

그러면 고숙진과 자신들이 한패라는 의미가 된다.

"그런 경우 판사의 재판 자격이 없지. 설사 한다고 해도, 고숙진에게 진짜 실형을 내리는 순간 자기 마누라에게도 실형을 내려야 하거든."

"만일 판사 마누라가 그걸 꿀꺽한다면……. 아니지, 아니지. 이미 꿀꺽했구나."

280억짜리 목걸이를 본 판사의 아내는 욕심을 이기지 못하고 결국 그걸 빼돌렸다.

당연히 판사는 전혀 모르고 있었을 테고.

"그러니까 이게 성립된 거야."

다른 가능성은 판사의 아내가 판사에게 말하고, 판사가 그걸 증거로 제출하는 것이다.

물론 그에 대한 대비책도 세워 놨다.

"그 경우 고숙진 씨는 혐의에서 벗어나지. 내가 편지를 함께 넣었거든."

그녀는 절도와 아무런 관련이 없다는 말과 함께, 양심에 걸려서 이건 돌려주겠다는 편지를 동봉했다.

당연하게도 그것만으로도 그녀는 혐의를 벗게 된다.

"그렇게 되면 판사는 상대방과 협상을 할 수밖에 없어."

이 사건을 진행하면 노형진이 그녀의 아내를 점유이탈물 횡령죄로 신고할 테니, 그걸 막기 위해서는 목걸이를 조병호와 호종그룹에 돌려주고 사건을 무마할 수밖에 없다.

"조병호 입장에서도 막나가겠답시고 그냥 진행하면 판사

가 가진 사건 조작의 증거를 까발릴 수 있으니 받아 줄 수밖에 없을 테고. 거기에다 수천억을 잃어버렸으니 조금이라고 피해를 줄이고 싶겠지.”

“조병호는 족치고 싶지만 그럴 수가 없는 거고, 판사 입장에서는 엉뚱하게 묶이는 바람에 찍혔다는 거네.”

“그래. 그리고 어느 쪽이든, 터트리는 놈은 좆 되는 거지.”

조병호는 판사가 가진 증거 조작 자료를 내놓는 순간 엄청난 지탄을 받을 뿐만 아니라 감춰진 재산에 대한 세무조사를 받을 테고, 판사는 그걸 먼저 터트리는 순간 조병호와 호종그룹에 의해 자살로 몰리게 될 것이다.

“거기에다 판사 입장에서는, 억울하거든. 반대로 호종그룹과 조병호는, 의심스럽긴 하지만 방법이 없는 거고.”

결국 그 재판을 이어 갈 의미가 없어져 버렸다.

만일 계속 이어 가면 둘 중 하나는 훅 가야 하니까.

“그리고 그 결과가 이거지.”

노형진은 종이 한 장을 흔들었다.

검찰은 뭔가 이상하다고 생각하자마자 바로 공소를 취하했다.

즉, 사건은 사라진 셈.

“조병호한테 남은 거라곤 반병신이 된 몸뿐이네.”

조병호는 충격으로 쓰러졌다.

그 때문에 언어중추가 상해서, 심각한 말더듬증이 나타났다.

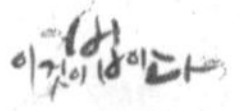

그뿐만 아니라 왼손과 오른 다리가 마비되어 버렸다.

멀쩡하던 사람이 한순간 제대로 움직이지 못하는 장애인이 된 것이다.

거대 그룹 회장의 말로치고는 너무나 비참했다.

나이도 있고 뇌에 문제가 생긴 것인 만큼, 아마 평생 나아지지는 않을 것이다.

"솔직히 쓰러져서 죽었으면 했는데 말이지."

노형진은 어깨를 으쓱했다.

"하늘도 쓰레기는 필요 없나 봐, 흐흐흐."

하이 리스크, 하이 리턴

아스가르드.

신들의 전당이라 불리는 비행기.

그리고 세계 최고이자 최대의 움직이는 성.

그 안에서 벌어지는 파티는 전 세계 부자들의 인맥의 장이었다.

"다시 만나서 반갑습니다."

"요즘 좋은 소식이 있다고 들었습니다, 하하하."

평소에는 소위 말하는 셀럽들을 태우고 다니기도 하지만, 그래도 최우선 대상은 전 세계의 잘나가는 사업가들이다.

그들이 탈 때는 노형진도 어지간하면 타는 편이었다.

'역시 제법 짭짤해.'

대부분의 사람들은 아스가르드를 단순히 인맥을 만들기 위해 만든 거라 생각한다.

하지만 노형진이 아스가르드를 만든 것은 인맥이 아닌 다른 목적을 위해서였다.

다름 아닌 정보 사냥을 위해 말이다.

노형진이 회귀 이전의 기억을 가지고 있는 것은 사실이다.

그러나 경제와 관련된 모든 정보를 다 기억하고 있지는 않다.

바쁜 시기에는 세상사에 제대로 신경 쓰지 못했을 뿐만 아니라, 비밀리에 거래된 정보 역시 알지 못하기 때문이다.

가령 기업의 인수 합병은 어지간하면 뉴스에 나오지 않는다.

하지만 그러한 기업의 인수 합병이야말로 투자자들이 돈을 버는 기회다.

대표적인 예가 바로 글라스다.

'이번에 기업을 또 하나 사는군. 역시 글라스.'

세계적인 기업 인수 합병 회사인 글라스.

노형진은 그들이 수많은 기업을 샀다는 건 알지만, 정작 어떤 기업을 언제 샀는지 정확하게 알지는 못한다.

그가 아는 것은 글라스의 대략적인 흐름뿐이다.

하지만 아스가르드가 생기면서 이야기는 전혀 달라졌다.

'엔키사를 구입한다라…….'

엔키사는 일본의 캐릭터 회사다.

그곳을 구입한다는 것은 글라스가 일본으로 본격적으로

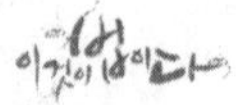

진출한다는 의미이기도 하다.

당연히 엔키사의 주식을 사면 못해도 세 배 이상은 오를 것이다.

"역시 미스터 노는 즐거운 표정으로 사람을 맞이할 줄 아는군요."

"아, 그런가요? 하하하."

"다른 곳은 소위 말하는 품격을 너무 따져서 말이지요."

사람들과 이야기를 할 때마다 돈이 되는 건덕지들이 마구 마구 쏟아지니 노형진이 딱히 기분이 나쁠 일은 없었다.

"그나저나 시볼스사의 대표가 올 줄은 몰랐는데요."

"저도 솔직히 놀랐습니다."

시볼스사의 대표는 두 번의 초대에도 불구하고 답장조차도 하지 않았던 사람이다.

그래서 오지 않을 거라 생각했는데 이번에는 갑자기 나타난 것이다.

"시볼스사가 요즘 급성장한다면서요? 미다스는 그곳 주식을 좀 가지고 있습니까?"

"아니요. 애석하게도 그건 아닙니다."

"하긴, 이런 건 다 기밀로 취급되는 정보이니 뭐 쉽게 알려지지는 않겠지요."

"그럼요. 미다스라고 모든 걸 다 아는 건 아니지 않겠습니까."

이런저런 이야기를 하는 사람들.

사실 이번 비행에서 최대의 관심은 다름 아닌 시볼스사다.

이번에 미국에서 초거대 계약을 따낸 시볼스인 만큼 과거의 몇 배의 수익을 낼 것은 당연한 일이니까.

'시볼스라…….'

노형진은 그 회사의 대표인 에크먼을 보면서 입맛을 다셨다.

'내가 모르던 회사이기는 한데. 하긴, 당연한 건가?'

시볼스사는 일반적으로 국민들을 대상으로 영업하는 회사가 아니다.

정확하게는 조선 회사다.

물론 다른 회사들도 많지만, 시볼스는 특별하다.

시볼스는 얼마 전에 미국과 계약한 신형 항모의 진수를 성공적으로 해냈다.

당연하게도 주가는 급상승했고.

'어디 한번 좀 접촉해 볼까?'

당연하게도 그 건을 이행하기 위해서는 수많은 하청이 필요하다.

그리고 그 하청에 대한 정보는 아직 공개되지 않았다.

'그중 몇 개의 정보만 캐낼 수 있으면 제법 짭짤한 수익을 낼 수 있지.'

노형진은 미소를 지으면서 시볼스사의 대표에게 다가갔다.

"반갑습니다. 노형진입니다."

노형진이 자신의 신분을 밝히자 대표 역시 미소를 지었다.

여기서는 그가 미다스를 대신한다는 것을 알고 있기 때문이다.

"폴 에크먼이라고 합니다. 좋은 비행기네요."

"별말씀을요."

노형진은 그의 손을 꽉 잡고 미소를 지으면서 계속 말을 이어 갔다.

"그나저나 시볼스사도 좋은 소식이 있던데요? 미국 신형 항모를 진수하셨다고요?"

"하하하, 벌써 그 소문이 났습니까?"

"벌써라니요. 다른 것도 아니고 신형 항모인데요. 미국의 자존심 아니겠습니까?"

항모만 해도 근무자가 어마어마하다.

그런데 항모 전단이라면 그 인원도 엄청나지만 그 가격도 상당할 수밖에 없다.

'거기에다 신형 함이란 말이지.'

기존에 미군이 쓰던 항모는 니미츠급이라고 불리던 항모였다.

물론 니미츠급도 세계 최강이라 불릴 만한 항모지만, 이들이 계약한 제너럴 R. 포드급은 다르다.

기본적으로 니미츠급과 사양은 비슷하지만 훨씬 전자화되고 신형화되었다.

당연하게도 필요 인원은 줄었지만 훨씬 더 빠르고 쾌적하다.

'결정적으로 더럽게 비싸지.'

현재 한 척도 아니고 무려 두 척이나 수주받은 시볼스사 입장에서는 말 그대로 돈을 긁어모으는 중이었다.

"조만간 취역하면 진짜 웅장하겠군요."

"하하하."

항모를 만든다고 해서 그것만 만드는 게 아니다.

일반적으로 교체되어 들어가기는 하지만 시스템이 호환되게 하기 위해 기존 항모 전단의 장비도 상당수 업그레이드해야 한다.

오죽하면 미국이 천조국이겠는가?

'국방 예산만 천조'라는 우스갯소리에서 나오는 말이다.

"취역하면 전 세계 바다를 호령할 겁니다."

진수와 취역은 전혀 다르다.

진수는 말 그대로 바다 위에 배를 띄우는 것을 말한다.

반면 취역은, 말 그대로 하나의 항공모함으로서 항모 전단에 속해서 제대로 활동하게 되는 것을 뜻한다.

"기대됩니다."

노형진은 그와 계속 접촉하면서 말하다가 순간 얼굴이 굳었다.

"왜 그러십니까?"

"아니…… 아닙니다, 하하하."

노형진은 침을 꿀꺽 삼켰다.

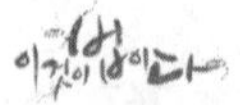

손에서 땀이 나고 다리가 풀릴 것 같은 기분.

"아무래도…… 아까 먹은 게 체한 것 같네요."

"이런, 가서 쉬시지요."

"죄송합니다, 하하하."

창백한 얼굴로 폴 에크먼과 인사를 나눈 후 돌아서는 노형진.

좀 떨어진 곳에서 주변을 살피며 분위기를 띄우던 손채림이 그런 노형진을 보고 걱정스러운 듯 슬쩍 다가와서 물었다.

"왜 그래? 무슨 일 있어?"

"아니야……. 속이 안 좋아서 그래. 분위기는 어때?"

"뭐, 나쁘지는 않지. 파티광들에게는 이런 게 진짜 꿈의 전당 아니겠어?"

기업인이 아닌 일반 셀럽의 인선은 그녀 담당이다.

그녀가 데리고 온 파티광들은 파티 분위기를 띄우는 데 아주 능숙했다.

"다행이네."

"그런데 진짜 표정이 안 좋아."

"미안. 올라가서 쉬어야겠다."

"알았어. 올라가서 쉬어."

위로 올라온 노형진은 빈방으로 들어가서 문을 닫고는 침대에 주저앉았다.

그리고 깊은 한숨을 푹 내쉬었다.

"이건…… 너무 큰 건이잖아? 이런 미친 새끼. 어떻게 이런 걸 감추려고 하지? 아니, 이게 감출 수나 있는 건가?"

폴 에크먼의 기억을 읽은 노형진은 심각한 얼굴이 될 수밖에 없었다.

지금까지와는 다른 어마어마한 규모 때문이다.

"결함이 이렇게 많은데……!"

다른 것도 아니고 전투함의 결함, 그것도 항공모함의 결함이다.

그게 일으킬 문제는 절대 작은 게 아니다.

더군다나 그 결함이라는 게, 항공기 엘리베이터나 전투기를 사출하는 캐터펄트, 심지어 레이더와 탄약용 엘리베이터까지 온통 심각한 문제투성이였다.

'이런 미친 새끼들.'

물론 초도함은 어느 정도 문제를 일으킬 수 있다.

하지만 엘리베이터 같은 단순한 시스템까지 문제를 일으킬 정도면 전반적으로 엄청나게 문제가 많다는 것이다.

더군다나 캐터펄트 같은 경우는, 작동하지 않으면 전투기를 바다에 꼴아박는 셈이 된다.

항모로서의 가치가 전혀 없는 것이다.

"끄응, 이걸 어쩐다?"

한 척당 건조 비용이 12조가 넘어가는 무지막지한 놈들이 결함투성이다.

만일 이게 새어 나가면 시볼스사는 심각한 타격을 입게 될 것이다.

'그러니 어떻게 해서든 무마하고 조용히 처리하고 싶겠지.'

사실 노형진은 모르지만, 원래 역사에서도 그 결함으로 인해 항모의 취역이 무척이나 늦어졌다.

2011년에 만들기 시작한 항모는 2012년에 공정의 75%를 달성했다.

그런데 취역은 2018년에나 할 수 있었다.

물론 진수를 하기는 했지만, 그건 말 그대로 물에 뜬다는 것뿐이지 완성되었다는 것은 아니다.

즉, 그 긴 시간 동안 엄청난 오류를 잡아내야 했다는 것이다.

'아무리 신형 무기가 시행착오를 거친다고 하지만…….'

그래도 이건 심각한 문제다.

아니, 그걸 떠나서 시볼스사에는 치명적인 타격이 될 수 있다.

만일 제대로 제작하지 못한다면 다음 건조는 다른 회사로 넘어갈 수 있으니까.

"그거야 문제가 안 되는데."

시볼스사가 건조해야 하는 항모만 두 개인데, 아직 오류를 제대로 잡아내지 못하고 있는 것도 문제다.

그거야 시간이 지나면 해결할 수 있는 문제겠지만…….

"결국 인간은 인간이라는 건가?"

그런 군수산업에 충성심 넘치는 사람이 없겠는가?

없을 수가 없다.

당연히 하자가 넘치는 걸 어떻게 해서든 정부에 경고하려고 했는데, 그게 문제가 되었다.

“미친 새끼. 벌써 스무 명이나 죽이다니.”

새어 나가는 것을 어떻게 해서든 막기 위해 죽인 사람만 스무 명.

문제는 그걸 실행한 것이, 개인 청부업자도 있지만 미국 정부도 있다는 것이다.

“크흠…….”

노형진은 자신도 모르게 목을 문질렀다.

자신과 같은 사람들.

바른 일을 했다는 이유로 국가에 살해당한 사람들.

노형진이 그 때문에 속이 좋지 않았다.

“망할 놈들.”

사실 돈만 벌고 싶다면 지금은 조용히 있다가 문제가 터졌을 때 시볼스사의 주식을 사면 된다.

언젠가는 그 결함들을 잡기는 할 테니까.

문제는 그 과정에서 얼마나 더 많은 사람들이 죽어 나갈지 모른다는 것이다.

“미국이 살기 좋다고? 웃기고 자빠졌네.”

미국처럼 의문사가 많은 동네도 없다.

그냥 길거리를 가다가 총알이 날아와 죽으면 의문사로 처

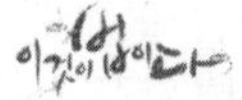

리되는 동네다.

미드처럼 그런 사건의 해결률이 높은 것도 아니다.

“로날드 사건이 생각나네.”

노형진이 회귀 전에 했던 사건.

어떤 군 장비의 결함을 신고하려던 군인이 있었다.

그리고 그 사건은 노형진이 해결하지 못한 사건 중 하나가 되었다.

로날드는 누군가에게 살해당했고, 그를 도와주던 경찰은 자살했으며, 검사관은 실종되었으니까.

노형진에게 온 사건은 살해당한 로날드에 대한 것이었고, 아무리 조사해도 아무것도 나오지 않았다.

그렇게 그 사건은 콜드 케이스가 되어 버렸다.

“그런데 지금 12조짜리 고철 덩어리 사건이라니.”

물론 고철까지는 아니지만 심각한 문제이기는 하다.

더군다나 이미 스무 명이 죽은, 아니 죽인 사건이다.

“감추고 조용히 넘어가서 돈을 벌 것이냐. 아니면…….”

조금 위험하지만 자신이 끼어들 수도 있다.

훨씬 일찍 터트리고 그 후에 돈을 벌 수도 있다.

터지는 순간 시볼스사의 주가 폭락은 필연적이니까.

‘하지만 과연 얼마나 죽을까? 아니, 얼마나 많은 사람이 다칠까?’

노형진은 턱을 문질렀다.

그리고 다른 문제도 있다.

'강제로 터지는 것과 잠깐 터지는 것은 전혀 달라.'

만일 시볼스사가 사건을 제대로 은폐한다면, 아마 추후 제작은 시볼스사가 계속하게 될 것이다.

사실 시볼스사가 살인까지 불사하는 데에는 그런 이유가 있을 것이다.

그의 기억 속에서 미국에서 제작하는 총 항모의 수는 열 척이다.

현재 시볼스사가 수주한 항모는 두 척.

당연하게도 추후의 여덟 척도 수주받기 위해서는, 하자가 없어야 한다.

더군다나 현재 미국이 운영하는 항모 전단의 수는 열한 개다.

그 말은 항모뿐만 아니라 항모 전단에 속한 배도 수명을 다하면 갈아야 한다는 뜻이다.

'하지만 먼저 터지면 상황이 바뀌지.'

미국이 더러운 나라이기는 하지만, 또 그만큼 여론의 눈치를 보는 나라이기도 하다.

만일 이게 터지면 당분간 시볼스사는 어떤 수주도 하지 못할 것이다.

그리고…….

'항모 전단을 대체해서 제작할 수 있는 제작자는 뻔하지.'

아무리 많이 잡아 봐야 세 곳.

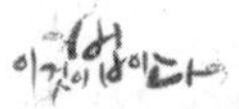

그곳들의 주식을 사 놓으면 시볼스사와는 비교도 못 할 만큼 가격이 오를 것이다.

'하지만…….'

그러기 위해서는 미 정부, 아니 미 정보부와 싸워야 한다.

지금 폴 에크먼의 기억을 봐서는 미 정보부는 비밀을 철저하게 감추기 위해 노력하고 있다.

터지는 순간 현 정권에 어마어마한 압력이 될 게 뻔하니까.

"끄응…… 위험하지만 큰 건이냐, 위험하지 않지만 작은 건이냐."

물론 작은 건도 절대 작은 건 아니지만.

"그래도……."

지금 이 순간, 왠지 자신의 가슴으로 파고들던 그 칼날의 감촉이 느껴지는 듯했다.

정부의 비밀을 오픈했다는 이유로 죽어야 했던 그 순간.

"젠장."

그 기억이 억울하게 죽어 간 다른 사람들의 마음을 떠올리게 했다.

그리고…….

"아오, 미치겠네."

그중 한 명, 한 남자를 추적하는 데 혈안이 된 폴 에크먼.

그가 그렇게 그 한 남자에게 미친 듯이 신경 쓰는 이유.

"그냥 증거만 들고 튈 것이지. 아니, 설계 오류를 증명하려면 별수 없나?"

그 남자가 가진 것, 바로 항모의 설계도.

과연 미국이 이제 막 제조한 항모 설계도의 가치는 얼마나 될까?

그 안에 들어가 있는 수많은 비밀들.

아마 그걸 얻을 수 있다면 수많은 강국들이 조 단위의 돈을 내놓을 것이다.

"그쪽을 도와주면 슬쩍……할 수 있을 것 같은데 말이지."

미국이 아무리 미쳐도 항모의 설계도를 주지는 않을 것이다.

항모를 만드는 건 단순히 배를 만드는 게 아니다.

말 그대로 해상에 떠 있는 거대한 도시를 만들어야 하는 것이다.

"한국 정부도 군침을 흘리겠지."

과거에 구소련에서 구형 항모 하나를 판매할 때 한국 기업에서 그걸 구입한 건 유명한 일이다.

3만 7천톤급 키예프급 항모 민스크.

지금은 중국으로 넘어가서 놀이동산이라는 황당한 일을 진행하는 곳.

"중국과 일본만 아니었다면…… 후우."

한국인이라면 어쩌면 한 번은 생각했던 일.

사실 그 당시 항모는 민스크 말고 하나 더 있었다.

공식적으로는 고철로 들어오는 것이었지만, 사실 그걸 재개장만 한다면 한국은 항모를 운영할 수 있었기 때문에 정부에서도 비밀리에 회사를 앞세워서 구입한 것이다.

하지만 중국과 일본은 한국의 국방력이 증가한다면서 게거품을 물었고, 특히 일본은 스파이까지 보내면서 결사적으로 방해했다.

결국 예정과 다르게 껍데기만 남은 두 척의 항모가 왔고, 한 척은 한국에서 해체되고 한 척은 인도를 거쳐서 중국에 판매되었다.

"웃긴 일이지."

고철의 문제가 아니다.

애초에 진짜로 그걸 고철로 생각해서 산 나라는 없었다.

그 안에 들어 있는 항모 제작 기술, 그걸 탐낸 거였다.

실제로 잘 알려지진 않았지만 두 척의 항모가 들어오자마자 전문가들이 그 안을 조사해서 항모에 대한 역설계를 마친 것은 사실이니까.

"문제는 그게 벌써 수십 년 전이라는 거지."

진짜 수십 년 전에 만든, 그것도 폐기 직전의 폐기함이다.

그 이후에 항모에 접근도 못 하고 있다.

그런데 최신함, 그것도 미국 최신함의 신기술들.

물론 하자가 있다고 하지만, 무슨 하자가 있는지 안다면 한국의 기술로 보완할 수도 있다.

"아오, 미치겠네."

욕심이다. 과한 욕심.

노형진은 모든 걸 다 가진 사람이라고 할 수 있다.

하지만 그에게 애국심은 없다.

애초에 정부에 살해당한 사람이 애국심이 있는 게 이상한 거다.

"하지만…… 항모 설계도의 가치는……."

그 가치는 어마어마하다.

미국이 그 항모를 만들기 위해 연구한 연구 개발비만 5조 6천억 원.

아마 지금이 아니면 그 설계도에 접촉할 기회는 전혀 없을 것이다.

"그렇다고 내가 그걸 기억해서 옮길 수도 없고."

그걸 기억해서 그려 옮길 정도면 인간이 아닐 것이다.

"으으으……."

노형진은 한참을 고민했다.

포기하자니 아마 역사상 이만큼 유혹적인 떡밥은 없을 것이다.

하지만 그냥 진행하자니 미국이라는 국가의 정보력을 피해 가면서 하는 게 쉽지 않을 것이다.

익명으로 활동하는 온갖 테러리스트들을 잡아내는 것이 미국이다.

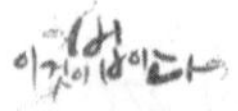

그들은 노형진이 미다스라는 것을 알고 있으니 자신에 대해 주의하고 있을 가능성이 높다.

그리고 재수 없으면 자신이 움직이는 걸 알 테고.

'항모를 지키기 위해서라면…….'

그들은 노형진의 목숨 따위는 신경도 쓰지 않을 것이다.

"젠장…… 포기할 수 없는 떡밥이라는 건가……."

노형진은 이를 악물었다.

인간의 탐욕인가, 아니면 안전인가라는 고민.

그러나 고민은 짧았다.

"그래, 내가 언제부터 안전한 길을 갔냐."

만일 안전한 길을 가려고 했다면 변호사 노릇 하지 않고 정해진 곳에 투자해 돈을 벌어들이면서 부자 소리 들으며 살았을 것이다.

성화와도 싸우지 않았을 테고, 전 세계를 돌아다니면서 미친 짓을 하지도 않았을 것이다.

"하이 리스크 하이 리턴."

리스크가 높으면 돌아오는 것도 많다는 투자계의 명언.

물론 대부분은 개소리로 끝난다.

하지만 개소리가 아니게 된다면…….

"하이 리스크 하이 리턴."

노형진은 재차 중얼거리며 리스크를 감당하기로 마음먹었다.

"딸꾹."

로버트는 심각하게 딸꾹질을 했다.

아니, 할 수밖에 없었다.

엠버 역시 상상도 못 할 상황에 침만 꼴딱꼴딱 삼켰다.

손채림 역시 아무런 말도 못 하고 눈치만 살폈다.

잘 모르는 그녀조차도 이번 일이 얼마나 심각한지 알 수 있을 정도였으니까.

"물론 가벼운 상황은 아닙니다. 하지만 이게 터지면 지금까지와는 비교도 못 할 규모의 수익이 날 겁니다."

지금까지 터진 수많은 사건들.

그 수익으로 막대한 돈을 벌었지만, 몇십조 달러 수준은 아니었다.

하지만 이게 성공한다면 10조 달러 이상의 수익이 날 것이다.

최소한 말이다.

"위험하지 않겠습니까?"

"그래서 여러분들에게 말하는 겁니다. 기다려서 안정적으로 수익을 챙길 것이냐, 아니면 하이 리스크 하이 리턴을 선택할 것이냐."

안정적으로 한다면?

아무리 타이밍을 잘 잡아도 1조 달러도 안 될 것이다.

시볼스사의 주가가 폭락하기는 하겠지만, 상당수의 사람들은 언젠가 그 문제가 해결될 거라 생각할 테니까.

특히나 전문 투자자들은 그 정도에는 꼼짝도 하지 않을 것이다.

도리어 그 정도는 시볼스사에서 충분히 덮을 수 있다고 생각하겠지.

사실 원래 역사에서도 그랬고.

"하지만 억지로 터지면 문제가 되죠."

함선의 설계 오류? 제작 오류?

있을 수 있는 일이다.

하지만 그걸 감추기 위해 실행한 살인이 문제다.

그게 터지면, 아무리 미국 정부라고 해도 시볼스사에 추가로 일을 줄 수 없다.

"그걸 해외 회사에 맡길 리는 없으니 그들이 맡길 회사는 뻔하죠."

"그들이 성장하기 위해서는, 시볼스사의 비밀을 강제로 터트려야 한다는 거군요."

로버트는 심각하게 말했다.

진짜로 하이 리스크 하이 리턴이다.

"너무 심각한 문제군요. 군사기밀을 이용한 작전이라니."

엠버는 걱정스럽게 말했다.

'내가 설계도를 노리고 있다고 하면 진짜 까무러치겠군.'

아무리 노형진이라고 해도 항모 설계도를 노린다고 미국인에게 당당하게 말할 수는 없다.

그래서 그들에게는 오로지 돈 때문인 것처럼 이야기했다.

어차피 설계도를 빼내는 것은 자신이 몰래 해야 할 일이다.

“그런데 나는 왜 부른 거야? 난 좀…… 아니, 많이 부담스러워.”

손채림이 침을 꿀꺽 삼키며 말했다.

그녀 입장에서는 이런 터무니없는 작전은 들어 본 적도, 해 본 적도 없다.

일단 스케일 자체가 너무 다르다.

“미안. 하지만 넌 어쩔 수가 없어.”

“어째서?”

“미 정부는 미다스가 나라는 사실을 알아. 그리고 네가 나와 함께 일한다는 것도 알지.”

단순히 같이 일하는 동료 수준이 아니라, 진짜 신뢰하는 사람이라는 것.

당연히 노형진이 행한 수많은 비밀 작전을 함께한 사람이라는 것도 알 거다.

“작전이 시작되어서 내가 드러나면 결국 너도 감시 대상이 된다는 뜻이야. 아마 우리 가족보다 더 심하게 감시당할걸.”

“허억!”

“그럴 거라면 차라리 이쪽에서 먼저 대응하는 게 나아.”

“그 정도라고? 설마! 주식에서 돈이 뭐, 중요하기는 하지만…….”

엠버가 고개를 흔들었다.

“주식이나 돈의 문제가 아니에요. 물론 그 문제도 있겠지만요. 중요한 건 권력이죠.”

“권력요?”

“네. 미스터 노의 말에 따르면 정부는 이걸 덮기 위해 사력을 다하고 있어요. 심지어 국가의 요원을 이용해서 암살까지 진행하고 있죠. 그런데 상원 의원 몇 명의 힘으로 진행이 될까요?”

“흡!”

“대통령은 모르겠지만, 각 기관의 장들은 연관되어 있을 가능성이 높아요. 시볼스사는 군수 업계에서도 어마어마한 규모예요. 그리고 미국의 최대 로비스트 업계는 군수죠.”

그래서 매년 그 많은 총기 난사 사고가 나서 국민과 경찰이 죽어 나가도 총기 규제가 이루어지지 않는 것이다.

“그런 상황에서 미스터 노를 감시하면서 당신을 감시하지 않을 리 없죠. 가장 많은 일을 같이한 사람이니까.”

손채림은 한참 침묵을 지켰다.

심히 부담스러운 것이다.

하지만 노형진의 말대로, 그녀가 그에 대해 가장 잘 알고 같이 일한 기간도 길다.

그 말은 그녀도 드러나 있을 수밖에 없다는 것.

"그러면…… 난 할 수밖에 없는 거네."

"물론 회사를 그만두고 나가면 안 해도 되기는 해."

회사를 그만두고 아예 개별적인 삶을 살아가면 된다.

잠깐이야 감시하겠지만, 노형진을 아예 만나지도 않는다면 언젠가는 그들도 관심을 끊게 될 것이다.

"한 20년쯤 후에?"

"그래."

"그 꼴을 당할 바에는 억울해서라도 해야겠다. 난 너처럼 돈이 많은 것도 아닌데."

미국 정부가 자신을 감시하면 한국 정부 역시 관심을 보일 테고, 뭐라도 하나 뜯어내거나 정보를 얻겠다고 자신의 삶을 들쑤실 게 뻔하다.

"맞아요. 돈이라도 많아야 자신을 지킬 수 있죠."

"그러는 엠버 씨는 하려고요?"

엠버는 빙긋 웃었다.

"어차피 인생 2회 차니까."

노형진은 순간 움찔했지만, 다행히 그녀가 한 말은 그가 생각한 것과 관련이 없었다.

"미스터 노가 아니었다면 제 인생은 시궁창에 있었을 거예요. 한번 위로 올라가기로 결심한 이상 주저할 필요는 없지요. 미스터 노의 말대로 하이 리스크 하이 리턴이니까. 거기에다 엄밀하게 말하면, 우리는 애국을 하는 거지 매국을 하는 건 아니잖아요.”

약간 양심이 찔린 노형진은 로버트를 바라보았다.

“로버트는 어쩔 겁니까?”

“저는…… 끄응…….”

로버트는 한참을 고민했다.

역시 쉽게 선택할 수 있는 게 아니니까.

하지만 이내 마음을 강하게 먹었다.

“원래 우리 같은 투자 딜러들의 커리어는 큰 거 한 방이죠. 작은 거 다 날려 먹어도, 큰 거 한 방으로 번다면 그의 커리어는 확보되는 겁니다. 이건 아마 역사에 남을 커리어가 될 것 같은데요? 포기할 수는 없죠.”

모두 동참한다는 의미로 고개를 끄덕거리자, 노형진은 안도의 한숨을 내쉬었다.

너무 큰 건이고 위험해서, 누군가는 빠질 줄 알았기 때문이다.

“그러면 함께하는 걸로 하죠.”

미국의 군수 기업을 털어 먹는 초유의 작전을 짜면서 노형진은 주먹을 꽉 쥐었다.

애국자를 위해서

“지금 도망 다니고 있는 사람은 하디 잭슨이라는 사람입니다. 원래 항모 설계 부서에 있었던 사람입니다.”

노형진은 자신이 아는 모든 것을 다 말해 줬다.

문제는 그게 다라는 거다.

“추가적인 자료는 못 구하는 거야?”

“불가능할 거야. 애초에 항모 설계 부서같이 중요한 부서에서 일하는 사람은 정부의 감시 대상이야. 자료를 빼돌릴 수 있으니까. 나도 진짜 힘들게 알아낸 거야.”

폴 에크먼의 기억 속에서도 자세한 정보는 없었다.

하긴, 자세한 정보를 떠올릴 상황도 아니었으니까.

다만 소속과, 그가 어떤 자료를 가지고 도망쳤는지, 그리고 그가 그걸 터트리기 위해 노력한다는 것 정도만 알고 있었다.

"그런데 이해가 안 가는 게 있는데, 왜 그 사람이 아직 안 터트린 거야? 진짜로 터트리는 게 목적이었다면 이미 터트렸어야 하지 않아?"

"사건의 무게 때문이죠."

"무게?"

"네. 그도 잘 알고 있어요. 그래서 터트리는 데 한계가 있는 거죠."

방송국이나 인터넷에 자료를 첨부해서, 지금 만들고 있는 항모가 고물이라고 주장하는 것은 쉽다.

"문제는, 말만 하는 건 흔해 빠진 음모론자가 하는 짓과 같다는 거야. 당연히 그걸 입증할 수 있는 뭔가를 내놔야 하는데, 그 증거라는 게 그가 가진 설계도라는 거지."

"아하! 그 증거 자체가 너무 파괴력이 강하구나."

"그래. 그게 새어 나간다면 미국은 치명적 타격을 입으니까."

방송이나 인터넷에 그걸 올리면, 과연 그 자료가 다른 곳으로 새지 않을까?

거기에 기대는 게 더 멍청한 것이다.

사방에 각국의 스파이가 넘치는데 말이다.

"그러니 증거를 가지고 나오긴 했지만 정작 써먹을 수가 없는 거지."

"다른 증거는 없는 거야?"

"설계 자체가 잘못되었다는 걸 증명할 수 있는 건 설계도뿐이죠."

"으음……."

"그가 자신의 커리어를 포기하고 들고 나왔다는 건, 그가 미국에 대한 애국심이 강하다는 거야. 웃기지만 말이지."

정작 애국심이 없는 정치인들은 그걸 감추려고 하는 비참한 현실.

"그래서 정작 그는 그 자료를 쓰지 못하는구나."

"그래. 결국 그는 그걸 새어 나가지 못하게 하면서도 위에서 알아줄 수 있는 사람을 찾아야 하는데, 문제는 그런 사람이 없다는 거지."

미국 정치인 중에 로비 안 받는 사람은 없다.

로비를 받지 않으면서 정치를 하는 것 자체가 불가능하니까.

"그러니 하디 잭슨은 상황이 아주 안 좋아. 더군다나 시볼스사에서 보낸 킬러와 미 정부에서도 그의 목숨을 노리고 있을 테니까."

"확실한 겁니까?"

로버트는 조심스럽게 물었다.

사람의 목숨이 걸린 거니까.

"모릅니다."

노형진은 일단 부정했다.

물론 기억은 확실하게 읽었으니 사실인 것은 확실하다.

하지만 확실하다고 하면 자신의 출처부터 까야 한다.

"하지만 중요한 것은, 이번 일에 관련된 것으로 보이는 사람들이 의문사했다는 겁니다. 심지어 두 명은 가족과 함께 가다가 사고로 죽었습니다. 우연치고는 너무 높은 확률이죠."

그들 모두가 하디 잭슨을 알거나 도와줄 수 있는 자리에 있던 사람들이다.

그런 만큼 의심해 볼 만하다는 것.

"의문사라……. 하아, 그것만큼 애매한 게 없지요."

더군다나 경찰에서 조사할 의지 자체가 없으면 흔하디흔한 콜드 케이스로 넘어가게 된다.

"그런 거라면 살해당한 걸로 보는 게 타당하겠네요."

로버트의 말에 엠버 역시 동의했다.

"우리는 지금 위험한 게임을 하고 있어요. 모든 사건을 최대한 안전하게 하기 위해 보수적으로 그리고 적대적으로 판단해야 해요."

"그래야 할 것 같네요."

로버트는 고개를 끄덕거렸다.

맞는 말이니까.

"하디 잭슨도 그걸 모르지는 않을 겁니다. 아는 사람들이 있을 테니까. 그 말은, 하디 잭슨 역시 살해 위협을 피해서 어딘가에 숨어 있다는 뜻이죠."

"어디에 숨어 있을까요?"

"그건 모르죠. 아마 자신과 전혀 관련이 없는 곳일 겁니다. 진짜 일말의 관련이라도 있는 곳에 있다면, 다른 곳도 아닌 미 정보부가 그걸 놓칠 리 없죠."

아마 수십 년간의 카드 내역까지 모조리 조사하고 한 번이라도 간 적이 있는 곳은 모조리 이 잡듯이 뒤졌을 것이다.

그럼에도 불구하고 하디 잭슨을 못 잡고 있다는 것은, 그들이 감도 못 잡는 곳에 있다는 거다.

"영화처럼 어릴 때 가 본 별장 따위에 숨어 있을 리 없죠."

그건 영화상의 설정일 뿐, '나 여기에 있으니 잡아가십시오.'라고 하는 것과 같다.

"그에게는 부모님 말고는 가족이 없어요. 그런데 부모님도 연락이 안 될 겁니다. 그건 확실합니다. 사건이 터지자마자 부모님부터 감청하고 있을 테니."

노형진은 진지하게 말했다.

지금 그들은 공식적으로 아스가르드의 운영을 위해 회의 중이다.

심지어 그들이 있는 곳은 진짜 아스가르드 안이다.

그것도 비행 중인.

아무리 미국의 기술이 발달했어도, 비행 중인 여객기의 실내를 감청할 수는 없을 것이다.

"그럼 첫 번째 문제는 하디 잭슨을 찾는 것이겠군요. 그를 찾아야 보호하면서 사건을 터트릴 수 있을 테니까요. 하지만 어디서 찾을 수 있을까요, 미스터 노의 말대로 미 정보부도 찾지 못한 사람을?"

엠버는 탁자를 두들기며 말했다.

노형진 역시 그 부분이 현재로서는 가장 큰 문제라는 것을 알 수 있었다.

'사이코메트리는 의미가 없을 거야.'

기본적으로 그 기억이나 감정을 읽는 사이코메트리는 그 순간에 한 생각만 읽을 수 있다.

하디 잭슨은 지금 계획을 가지고 움직이는 게 아니다.

철저하게 랜덤하게, 다급하게 피해 다니면서 움직일 것이다.

어떻게 A라는 지점에 있었던 것을 알아냈다고 해도, 그가 거기서 어디로 갈지 계획을 짠 것이 아니라면 다음에 어디로 갔는지 알 수가 없다.

"두 번째 문제는 이걸 어떻게 터트릴 것이냐는 거네요. 하디 잭슨이 가지고 있는 증거를 쓸 수는 없으니까요."

쓰는 순간 그건 전 세계로 다 퍼질 것이다.

물론 하자가 있는 설계 도면인 것은 확실하지만, 대부분의 선진국은 시간과 돈을 들이면 그걸 충분히 개량할 수 있다.

"방송도 안 되고 정치인도 안 되고 국가조직도 안 되고 인터넷도 안 되고. 이건 진짜 첩첩산중인데?"

손채림은 어이가 없어서 중얼거렸다.

세상에 믿을 놈 하나 없다는 게 딱 지금 같은 상황이었다.

"일단 그 문제는 나중에 해결합시다. 중요한 건 하디 잭슨을 찾는 거니까요."

"어디에 있을까요? 전혀 연관이 없는 도시를 돌아다니고 있을까요?"

노형진은 고개를 흔들었다.

"그랬으면 벌써 잡혔을 겁니다. 감시 카메라는 도시에 많으니까."

"그러면 작은 도시?"

"거기도 마찬가지예요. 작은 도시는 인원이 적어서 거기에 있는 사람들이 서로를 다 아니까."

즉, 이상한 사람이 있으면 신고했을 것이다.

"그 프로파일링을 이용해서 추적하는 건 어때?"

"글쎄, 그 생각도 해 보기는 했는데, 애초에 프로파일링을 가장 잘 하는 나라가 미국이야. 그런데 그들이 안 해 봤을까?"

"아아……."

"거기에다 하디 잭슨은 똑똑한 사람이야. 국가의 기밀에 접근해서 일했던 사람이고. 아마 정부에서 추적할 때 프로파일링을 할 거라는 것을 예상했을 거야."

"그런 것까지 예상하는 게 프로파일링 아니야?"

"그건 그렇지. 하지만 그게 절대적인 건 아니거든. 가령 그가 프로파일링 내부에 완전 랜덤한 변수 하나만 넣어도 그

때는 의미가 없지."

심리를 읽고 선호하는 것을 찾아가는 것이 프로파일링이다.

그런데 하디 잭슨이 움직일 때 주사위를 사서 굴려 다음에 갈 도시를 결정한다면?

랜덤이라는 변수가 끼는 순간 프로파일링은 아무런 의미가 없다.

주사위를 굴릴 거라 예상할 수는 있지만, 그 주사위의 결과까지 예상할 수는 없으니까.

"숫자 6짜리 주사위 하나만 사서 굴려도, 처음에 변수는 여섯 개지만 그다음에 굴렸을 때는 서른여섯 개야. 그리고 그다음은 점점 더 변수가 기하급수적으로 늘어나는 거지."

"똑똑한 사람이라……."

손채림은 한참 침묵을 지켰다.

그녀뿐만 아니라 다른 사람들도 침묵을 지키면서 그가 과연 어디에 있을지 예상해 보려고 했지만, 그게 쉬울 리 없었다.

"해외에는 나가지 않았겠지?"

"그럴 리 없지."

카드도, 신분증도 사용하지 않는다.

오로지 현금만 사용하고 있었다.

그가 일하던 부서는 연봉이 어마어마했고, 그는 가족이 없어서 그 돈을 아낄 수 있었다.

그리고 최종 기록은, 그가 그걸 전액 현금으로 인출해서

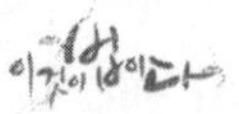

가지고 나갔다는 것이다.

“돈이 많으니 이건 뭐 대책도 안 서네.”

의자에 벌러덩 기대어서 한참을 생각하던 손채림.

그런 그녀의 머릿속에 문득 갑자기 한 가지 생각이 떠올랐다.

“그러면 현금 들고 다니는 거지?”

“그렇지.”

“그게 얼마라고?”

“33만 달러.”

“어마어마하네.”

“미국의 보안 등급까지 가지고 있는 설계 전문가가 연봉이 낮을 리가 있겠어? 그걸 다 모았다가 모조리 인출했으니까…….”

노형진은 입맛을 다시며 말했다.

그런데 그런 노형진에게 손채림은 생각지도 못한 발상을 꺼내 들었다.

“그러면 사람을 피하지 않을까?”

“당연히 사람을 피하지.”

“아니, 내 말은, 요원이나 경찰 같은 존재만이 아니라 사람 자체를 피할 것 같은데.”

“사람 자체를?”

“그 사람은 공부만 한 샌님 아니야?”

“그런 타입이기는 하지.”

노형진은 고개를 끄덕거렸다.

그리고 손채림은 그런 노형진에게 한마디의 말로 방법을 찾아 줬다.

"돈이 많으면, 난 사람이 무서워서 만나지도 못할 것 같은데."

"……!"

"아! 그러네요!"

"왜 그런 생각을 못 했지?"

생각지도 못한 손채림의 말에 다들 그녀를 바라보았다.

손채림은 그런 모두의 시선을 느끼면서 미소 지었다.

"다 그런 거 아닐까?"

"끄응…… 그렇군. 우리가 실수했네. 현금이 많으면 도피가 쉬울 거라고만 생각했지, 정작 그게 행동을 제약할 거라고는 생각 못 했어."

아무리 가방에 넣는다고 하지만 33만 달러면 절대 부피가 작지 않다.

미국의 가장 고액권이 100달러다.

그걸로 33만 달러라고 해도 무려 3,300장이다.

"그걸 다 들고 다닐까? 이런 말 하기 그렇지만, 미국은 도둑이 넘쳐 나잖아."

"그건 그렇지."

가방 하나에 그걸 다 들고 다닌다?

아니다. 그럴 가능성은 낮다.

일단 너무 눈에 띄는 데다가, 실수로라도 털리면 그때는 대책이 없을 테니까.

"나라면 어딘가에 그 돈을 분산해서 감춰 둘 거야. 똑똑한 사람이라며? 더더욱 그러지 않을까?"

"그렇겠네."

그러면 한 군데가 털린다고 해도 나머지 장소에 있는 돈은 안전할 테니까.

"일종의 보급기지 같은 거군요."

"맞아요."

엠버의 말에 손채림은 고개를 끄덕거렸다.

"그런 점을 감안하면 경우의수를 확 줄일 수 있겠는데."

"그렇다고 해도 너무 많지만."

"무한대보다는 나은 선택이잖아."

노형진은 그렇게 말하면서 종이를 꺼내 들었다.

일단 제대로 정리하기 위해서다.

"첫 번째 조건, 접근성. 너무 나빠도, 너무 좋아도 안 된다고 생각해."

접근성이 너무 나쁘면 진짜 비상시에 접근이 힘들다.

도둑맞아서 돈이 한 푼도 없는데 차 타고 이틀씩 가야 하는 곳에 둘 수는 없으니까.

반대로 접근이 너무 쉬워도 안 된다.

그 말은 그곳에 유동 인구가 많다는 뜻이니까.

재수 없게 털릴 수도 있고, 누군가가 자신을 볼 수도 있다.

"두 번째는 보안이 유지되어야 한다는 거지. 즉, 사람들이 잘 가지 않는 곳이어야 해."

"그러면 역 같은 곳은 아닐 거야. 접근도 너무 쉽고 말이지."

그곳에 있는 사물함을 생각하던 노형진은 고개를 흔들었다.

더군다나 이런 일이 터지면 가장 먼저 감시하는 공간이 역이나 터미널이다.

"사막 같은 곳도 아닐 거야. 거기에 어떻게 들어가?"

"그러면 도시겠군."

"아까는 도시는 안 간다고 하지 않았어?"

"큰 도시는 아닐 거야. 작은 도시겠지."

노형진은 변수를 하나씩 적어 가면서 말을 이어 갔다.

"두 번째 변수를 생각하자. 그는 똑똑한 사람이야. 그러니 한 곳에 모든 돈을 두지는 않겠지."

"그중 하나를 찾으면 언젠가는 온다는 건가?"

"그럴 거야."

결국 여러 곳으로 나눠서 보관할 수 있는 공간이 필요하다는 거다.

"그런 데는 금고잖아."

"그러니까 문제지."

금고에는 접근할 수가 없을 테니까.

"세 번째 변수는 그가 잘 아는 공간이라는 거야."

"어떻게 알아?"

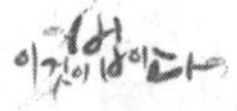

"그래야 숨길 공간이 어딘지 알 수 있을 테니까."

"그게 가장 큰 문제네."

가장 잘 아는 공간은 자신이 살던 공간이다.

하지만 조금이라도 관련이 있는 곳은 말 그대로 이 잡듯이 뒤졌다.

"이건 답이 없는데. 변수를 제외한다고 해도……."

손채림은 아쉽다는 듯 말했다.

자신이 제시한 방식이 맞는 것 같기는 하지만, 그렇다고 해서 모든 것이 해결되는 것도 아니었던 것.

하지만 노형진은 그걸 보던 중에 문득 생각나는 것이 있었다.

"하디 잭슨이 전공이 뭐였지?"

"하디 잭슨의 전공?"

"그래. 내가 아는 건 그가 항모 설계 부서에서 일했다는 것뿐이야."

하지만 그가 알기로 항모 설계에 종사하는 사람들은 한두 명이 아니다.

아니, 숫자의 문제가 아니라 사람의 문제다.

항모에서 일하는 규모는 6천 명 수준.

이번에 새로 개장한 제너럴 R. 포드급 항모도 무려 4,800명이 일한다.

전자동화했음에도 불구하고 말이다.

"이런 거 잘 알 만한 사람이 없을까?"

"글쎄, 항모에 대해 잘 아는 사람이 있을 리가……."

말을 하던 손채림이 문득 한 명을 떠올렸다.

"종호는 알지 않을까?"

"종호? 아, 그 녀석이 알까? 아니, 하지만 그 녀석은 그냥 밀덕이잖아."

"종호가 누구죠?"

"우리 동창입니다."

하지만 밀리터리 덕후, 소위 밀덕이다.

군대가 좋고 군대용품이 좋아서, 집도 무슨 내무반처럼 온갖 사제 군용품으로 도배한 녀석.

당연히 세계 유명 항모에 대해 소상하게 꿰고 있다.

"그런 사람이 알겠습니까?"

로버트는 회의적으로 생각했다.

하지만 노형진은 그렇게 생각하지 않았다.

"아니, 의외로 알 수도 있어요. 비슷하니까."

"비슷해요?"

"네, 항모를 만든다는 것은 그 항모에 대해 잘 알아야 한다는 겁니다. 밀덕들도 그걸 잘 알고 있죠. 잘 알아야 한다는 것은 비슷합니다. 다만 그걸 만들기 전에 다 알아야 하느냐, 만들고 나서야 아느냐의 차이일 뿐."

노형진의 말에 엠버는 살짝 이해가 가지 않았다.

항모 설계자와 밀리터리 마니아 사이에 접점은 없기 때문이다.

"중요한 건, 우리가 물어본다고 해도 전혀 문제가 되지는 않는다는 거지요."

"그건 그렇겠네요."

미국 정부가 한가한 것도 아니고, 한국이라는 작은 나라에 있는 밀리터리 덕후를 감시하고 있을 수는 없을 테니.

"프로파일도 비슷하잖아요. 결국 비슷한 생각을 하는 거니까."

"그러면 한번 물어보죠."

손채림도 지원사격을 하자, 엠버는 손해 보는 것이 없으니 물어보자고 했다.

"지금요?"

"위성 전화가 있으니까 가능할 거야."

노형진은 바로 전화를 들어서 한국으로 전화했다.

신호가 몇 번이나 가다가 한참이 지나서야 전화를 받는 소리가 들렸다.

–으하함…… 여보세요?

"종호냐?"

–누구세요?

"나 형진이다, 노형진."

–형진이? 얀마. 지금 몇 시인데 전화질이야, 전화질이.

"아, 거기는 밤인가?"

―거기? 여기 새벽 2시다. 넌 어딘데?

"비행기 안이야. 미국."

―그래, 성공해서 좋겠다.

짧은 투덜거림이 있었지만 종호는 심하게 뭐라 하지는 않았다.

"사실은 물어볼 게 있어서 그러는데."

―또 뭔데? 아니, 변호사가 일개 직원에게 뭘 물어봐?

"밀리터리 관련된 거야."

―그으래? 그런 거라면 역시 나지. 물어봐.

아직 잠이 덜 깬 목소리로 말하는 종호.

노형진은 최대한 간략하게 내용을 줄였다.

"어떤 사람이 물건을 감췄는데, 그 사람이 항모 설계자거든. 그러면 그 물건을 어디다 감출 것 같냐?"

―약 처먹었냐? 그걸 내가 어떻게 알아? 그리고 그게 왜 밀리터리야? 추리의 영역 아니야?

"그냥. 너도 항모를 좋아하고 그쪽도 항모를 만들어야 하는 사람이니 뭐라도 통하지 않을까 해서."

―별 미친……!

툴툴거리려던 그는 다음 순간 입을 다물었다.

"아스가르드 타고 싶다고 했지?"

―……!

"사장님이 이런 거 한번 타 보고 싶어 했다면서?"

-충성을 다하지! 잠깐, 세수 좀 하고 잠 좀 깨자.

다시 잠잠해지는 핸드폰.

그걸 보고 엠버는 고개를 갸웃했다.

"이게 포상이 되나요?"

"한국에서는 인맥의 힘이 무척이나 강하거든요."

단순히 노형진을 안다고 하는 것과, 노형진을 알아서 아스가르드에 탈 수 있는 것은 전혀 다르다.

거기에다 그가 일하는 회사의 사장이 같이 탈 수 있다면, 아마 회사에서는 그를 끔찍하게 예뻐해 줄 게 당연하다.

"역시 인간이 사는 세계는 다 비슷하네요."

"그러니까 인간이죠, 하하하."

한참 웃는 사이, 잠이 완전히 깬 종호의 목소리가 들려왔다.

-그래서, 그 사람이 항모 설계자라고?

"그래. 네가 항모 설계자라면 어디다 감출래?"

-좀 뜬금없기는 하지만…… 항모에다가 감출 수는 없겠고…….

"바깥에다가 감췄을 거야."

-그 사람 전공이 뭔데?

"전공?"

-항모가 뭐 피라미드인 줄 아냐? 용접만 잘하면 나오는 게 아니야. 바다에 떠 있는 거대한 도시라고.

"잠깐만."

노형진은 하디 잭슨의 기록을 살폈다.

기록이라고 해 봐야 진짜 기본적인 정도였지만 말이다.

어쩔 수 없다.

보안 대상에 올라간 이상, 그의 뒤를 깊이 캐면 분명히 정부에서 알 테니까.

"이거 뭐라고 해야 하나? 어…… 도시 재생? 건설? 제조?"

직역하는 게 쉽지 않아서 표현을 잘 못 했지만, 다행히 종호는 버벅대는 노형진의 말만 듣고도 바로 알아챘다.

–도시 설계 쪽이구먼.

"도시 설계?"

–그래. 신도시 같은 게 막 그냥 쌓아 올리는 게 아니잖아. 진짜 허허벌판에 전기 깔고 상하수도 깔고 해서 만든다고. 무슨 50년대처럼 집 올리다 보니 길 생기고 그러는 게 아니라, 아예 도시 자체를 설계하는 거야.

"그런 게 있어?"

–흔한 직업은 아니지. 연봉이야 어마어마하지만, 가르쳐 주는 사람은 드물고 재능 있는 사람은 더 드무니까.

"그런데 왜 항모에 그런 사람이 있어?"

–항모는 한 배에 6천 명씩 사는 곳이야. 도시로 치면 소도시 하나급이라고. 그 안에 생활이 몽땅 들어가야 하니 도시 설계 학자가 들어가지.

"도시 설계 학자라……."

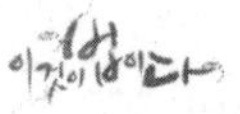

확실히 낯선 개념이다.

도시를 설계하는 사람이라니.

'하지만 생각해 보면 다행이지.'

오래된 구도심의 문제가 그거다.

너무 복잡한 것.

그냥 일단 있는 대로 집과 건물을 올려 버렸기 때문에 통일된 형태가 아니라는 것.

종호는 노형진에게 재미있는 이야기를 해 주었다.

-내가 도시 설계자라면, 나는 하수관을 선택하겠어.

"하수관?"

-그래. 구조상 아예 물이 들어가지 않는 하수관도 있거든.

여러 가지 이유가 있다.

공기 정화나 배관의 연결 등.

하여간 공간은 크지만 물 자체는 들어갈 일이 없는 공간이 있다는 것.

"그걸 어떻게 알아?"

-나 일하는 데가 건설 회사거든? 만일 몰래 뭔가를 감추려고 한다면 그런 곳을 고를 거야.

노형진은 일단 고맙다는 말을 하면서 전화를 끊었다.

"하수관이라……. 이거 가치가 있는 말일까요?"

"가치가…… 있을지도 모르겠네."

손채림은 문득 뭔가 알 듯한 표정을 지었다.

"만일 자신이 설계한 도시라면 손바닥 보듯이 다 알 거 아냐, 그런 공간이 어디에 있는지?"

"으음……."

"거기에다가, 그런 곳이라면 얼핏 접점도 없어 보이는데?"

"그건…… 그렇군."

자신이 설계해서 잘 알겠지만, 정작 자신은 그 도시에 가 볼 일이 없다.

물론 장소 자체는 가 봤을 것이다.

하지만 완성되지 않은 도시. 말 그대로 거대한 공사장이다.

그곳에서 살거나 유의미한 흔적을 남길 일은 없다.

"결국 완성된 후에 한 번이야 가겠지만……."

"정작 그 사람들이 거기에 산다는 법은 없지."

인프라가 완성되었다는 것이 거기에서 살아야 되는 이유가 되는 건 아니니까.

"확실히……."

노형진은 턱을 스윽 문질렀다.

거기에다 이런 일이라면 개개인이 아닌 회사 차원에서 하는 일이다.

당연하게도 개인적인 치적이나 관계로 기록되는 게 아니라 기업의 업무로 기록되니, 그와의 관계가 드러나거나 할 일은 없다.

"하지만 그곳에 대해서는 누구보다 잘 알겠지."

노형진은 눈을 반짝였다.

그리고 새로운 도시는 보통 감시 체계가 아직 확실하게 못 박혀 있지 못하다.

일단 도시가 생기면 사람이 늘어나고, 사람이 늘어나면 범죄가 늘어나서 CCTV 같은 감시 시스템이 만들어지니까.

거기에다 그런 곳은 다 낯선 사람들이다.

다 이주해 온 사람들이니, 낯선 사람들이 섞여 있다고 해도 하등 이상할 게 없다.

"어쩌면…… 거기에 있을지도?"

"응?"

"아니야. 뭔가 생각나서 그래."

노형진은 씩 웃었다.

어쩌면 생각보다 빨리 그를 찾을 수 있을 것 같았다.

⚖

레이안힐스. 인구 3천 명의 작은 도시다.

물론 도시 설계 자체는 인구 20만 명을 예상하고 했지만, 아직은 주변에 일할 만한 곳이 없어서 인구가 3천 명뿐이다.

"당연하게도 도시는 텅텅 비었지."

그리고 그곳이 그가 회사를 옮겨서 항모 설계 부서에 들어가기 전에 마지막으로 일한 회사의 업무였다.

"대부분 허허벌판이네. 상상하고 좀 다른데?"

"도시 설계가 도시 자체를 만드는 게 아니니까."

도시 설계라고 해서 건물까지 모조리 올려 주는 게 아니다.

그런 건 보통 신도시라고 하는 건데, 이곳은 그런 형태의 신도시가 아니다.

"기본적으로 도시 설계는 사람들이 쓸 수 있는 인프라, 그러니까 도로나 상하수도, 전기 등을 미리 깔아 두는 겁니다. 그리고 남은 땅은 분양해서 그곳에서 도시를 세우는 거죠."

"그래서 이 도시가 생각보다 발전이 느린 거군요."

"네. 한국식의 신도시였다면 성장이 빠르겠지만요."

하지만 이곳은 그게 아니라 자신이 땅을 사서 건물을 세워야 하는 곳이다.

당연하게도 주변에 아무것도 없는 이곳에 뭔가를 세우려고 하는 사람은 없다.

"그리고 다행히 배관 라인은 어렵지 않게 얻을 수 있었습니다."

회사에 문의한 결과 알려 줬다.

그다지 비밀도 아니니까.

"그리고 가능성이 높은 쪽은 이쪽이고요."

아직 도시가 개발되지 않은 쪽이다.

그러니 당연히 하수도에 하수가 흐를 일이 없다.

당연하게도 그곳에 숨어 있다가 물에 빠져 죽거나 할 가능

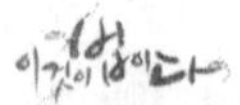

성도 없다.
“숨어 있다고?”
“그래, 생각해 보니 돌아다니면서 숨는 것보다는 확실히 나은 선택 아니야?”
위성으로도 CCTV로도 잡을 수 없다.
거기에다 하수도에 들어올 사람은 없으니까.
“거기에다 하수가 흐르지 않는 하수관이라면 당연히 냄새도 안 나지.”
“확실히 그러네.”
노형진은 영화에서 봤던 그 거대한 하수관을 생각했다.
그런 곳이 아직 비어서 사용되지 않는다면 충분히 숨을 수 있다.
“그런데 왜 미 정보부가 이걸 몰랐을까요?”
엠버는 고개를 갸웃했다.
생각해 보면 하수관에서 숨어서 생활하는 이야기는 영화에서도 좀 나온 주제다.
“전부 다 배신한 건 아닐 테니까요.”
“네?”
“관련자들 살해는 사실상 반역이나 마찬가지입니다.”
엠버는 한숨을 쉬었다.
“그 말이 맞네요.”
과거에 노형진이 국방부 내에 군수 비리를 사보타주 행위로 봐서 국정원에 신고한 것처럼, 사실 미국의 가장 강력한 무기인 항모에 대한 결함을 감추는 것은 사보타주 이상의 비리라고 봐도 무방하다.

"그리고 그걸 모든 부서가 다 나서서 체크할 수는 없죠."

"결국 이런 일에 연관된 배신자들은 일부라는 거군요."

"네."

그리고 그 일부라는 부분에서 문제가 된다.

섣불리 다른 요원을 투입했다가 그와 접촉하고 자신들의 비리가 드러나면, 오히려 자신들이 위험해진다.

"거기에다 일부만 배신한 거라면, 정보부의 자산을 이용하는 데에는 아무래도 제한이 있을 수밖에 없지요. 정보부 전체가 배신한 거라면 이미 그걸 총동원했을 겁니다. 다른 것도 아니고 항모 설계도가 걸려 있으니까요. 그런데 여전히 못 찾고 있다는 것은, 자산을 모두 동원할 수가 없다는 뜻이죠."

'한국의 기무사처럼 말이지.'

한국의 기무사는 법적으로 아무런 견제 장치가 없었고, 그들은 무소불위의 권력을 휘두르며 특정 정당에만 충성했다.

결국 사실상 해체라는 결말을 맞이했다.

'미국 정보부도 마찬가지지.'

국장이 대통령을 협박할 정도로 무소불위의 권력을 자랑했던 미국 정보부다.

당연하게도 그 내부에 감시 시스템이 완비되어 있었다.

"그리고 하수도는 도망가는 길이 많지요."

즉, 소수의 사람들을 넣어서 감시할 수 있는 곳이 아니라는 거다.

"애초에 프로파일러들 같은 사람들을 쓰기 위해서는 과정도 복잡하고요."

그리고 그런 건 위로 보고가 올라갈 수밖에 없는 구조다.

"대충 감은 잡고 있겠지만 본격적으로 터는 데에는 한계가 있다 이거네."

"그렇지."

"그건 우리도 마찬가지인 것 같은데."

손채림은 눈을 돌려서 어느 순간 눈앞으로 다가온 거대한 입구를 보면서 말했다.

정확하게는 하천으로 물이 흘러나와야 하는 배수관이지만, 지금은 물 한 방울 없이 바짝 말라 있다.

"우리도 사람이 충분한 건 아니잖아."

"누가 그래?"

노형진은 씩 웃었다.

잠시 후 뒤쪽에서 한 무리의 트럭들이 달려오는 것이 보였다.

"미국은 자본주의국가지. 그리고 돈만 있다면 얼마든지 사람을 쓸 수 있고 말이야. 정보부에 권력이 있다면, 내게는 돈이 있지, 후후후."

노형진은 설계도를 쫙 펴면서 말했다.

"토끼몰이를 시작해 보자고."

⚖

하디 잭슨은 허덕거리면서 마른 하천을 뛰고 있었다.

"여기다!"

"저기 있다! 잡아라!"

족히 수백 명은 될 만한 군중이 자신이 숨어 있는 하수도로 들어왔다.

처음에는 몰랐다.

그러나 어느 방향으로 가든 그들은 나타났다.

자신이 아는 모든 곳을 다 돌아다녔지만, 그들이 없는 곳은 없었다.

"이런 젠장!"

그는 이해가 가지 않았다.

처음에는 정부에서 사람을 보낸 줄 알았다.

하지만 요원도, 군인도, 경찰도 아닌 사람들이었다.

딱 봐도 잡역부나 슬럼가 출신 사람들이었다.

그들은 하나같이 손전등을 들고 온 하수도를 뒤지고 있었다.

"이게 무슨 일이야?"

어찌 되었건 그는 도망가는 수밖에 없었다.

하지만 그가 이 하수도를 설계해서 다 알고 있음에도 불구하고, 점점 더 도망갈 곳이 없어졌다.

"젠장!"

그는 헉헉거리면서 숨을 가다듬었다.

이대로 가다가는 죽을 것 같은 상황.

그런 상황에서 안쪽에서 들리는 목소리가 그의 귀를 자극했다.

"괜찮아?"

"아니, 안 괜찮아. 다리를 삔 것 같은데."

"끄응…… 어쩌지? 우리 할당 구역 반도 못 했는데."

코너에서 보니 세 명이 한 사람을 바라보고 있었다.

그런데 그는 다리를 부여잡고 앉아 있었다.

"나는 뒤로 빠질게. 나가야지, 뭐."

"그럴래?"

"대신에 빠졌다는 소리 하면 안 된다?"

"알아. 그러면 일당도 없잖아."

조심스럽게 일행에서 빠져서 절뚝거리면서 따로 나가는 남자.

그 모습을 보던 하디 잭슨은 문득 아이디어가 떠올랐다.

'저 옷.'

지금 여기에 있는 사람들은 다들 통일된 복장을 하지 않았다.

하긴, 특정 소속이 아니었으니까.

그러나 사람들이 서로를 구분하는 방법이 없는 건 아니었으니, 바로 입고 있는 형광 조끼였다.

자신은 형광 조끼가 없다.

도망자가 눈에 잘 띄는 것을 쓸 일이 없으니까.

반대로 말하면, 저들의 형광 조끼가 있다면 영화처럼 같은 패거리인 척할 수 있다는 뜻이다.

'미안하지만…….'

그는 절뚝거리는 남자를 보면서 주먹을 꽉 쥐었다.

저걸 빼앗을 수 있다면 이곳에서 탈출할 수 있다.

그리고 남자는 제대로 서 있지도 못하는 상황.

당연히 싸우지도 못한다는 뜻이다.

지금까지 패턴을 보면 네 명이 한 조다.

저들은 자신을 제압하기를 원했을 것이다.

그리고 한 명이 빠진다고 해도 제압할 수 있을 거라 생각했을 것이다.

그러나 홀로 남은 이쪽은 아니다.

'조금만 더…….'

그는 조용히 남자에게 다가갔다.

남자는 아픈 다리에 신경을 쓰느라고 그가 다가오는지도 몰랐다.

그리고 하디 잭슨은 남자의 뒤통수를 후려갈겼다.

"억!"

남자는 외마디 비명을 지르면서 쓰러졌다.

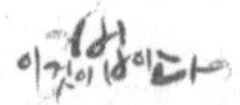

쓰러진 남자에게 다가간 하디 잭슨은 코에서 나오는 콧김에 안심을 했다.

다행히 기절한 모양이었다.

"지금 입고 나가자."

그는 재빨리 남자의 형광 조끼를 벗겨서 자신이 걸쳤다.

자신은 노숙자가 아니라 옷을 깔끔하게 입고 있었기 때문에 다른 사람들과의 차이가 별로 느껴지지 않았다.

"젠장…… 다른 도시로 가야겠어."

자신이 설계한 도시는 한두 곳이 아니다.

이곳이 아니더라도 숨을 곳은 많다.

물론 여기에 숨겨 둔 돈이 아깝기는 하지만 말이다.

"헉헉헉."

그는 바깥으로 나왔다.

바깥에 나왔을 때는 해가 지고 있었고, 주변에는 형광 조끼를 입은 사람들이 웅성거리면서 뭉쳐 있었다.

'그래, 이래야지.'

그는 속으로 미소를 지었다.

이 상황이라면 탈출할 수 있다.

그는 그렇게 생각하면서 천천히 사람들에게서 멀어지려고 했다.

차가 없기는 하지만, 그래도 좀 떨어질 수 있다면 언덕 너머로 몸을 숨길 수 있다.

그러면 그때는 충분히 몸을 뺄 수 있다.

'조금만 더…… 조금만 더…….'

그가 다른 사람들의 시선에서 거의 벗어난 그때, 누군가 그의 어깨에 손을 올렸다.

"잠깐만요."

"네?"

젊은 동양인의 등장에 하디 잭슨은 깜짝 놀랐다.

그리고 다음 말에 얼굴을 사정없이 일그러뜨릴 수밖에 없었다.

"반갑습니다, 하디 잭슨 선생님."

노형진은 그가 도망가지 못하게 어깨를 잡고 있는 손에 힘을 꽉 줬다.

"아주 오랫동안 찾고 있었습니다, 후후후후."

다음 권으로 이어집니다

ROK
MEDIA
로크미디어
음악의 신들과 함께한다